LOS TRES JAGUARES

Y EL FIN DEL MUNDO

GUILLERMO POSADA

Los tres jaguares y el fin del mundo
Guillermo Andrés Posada Montenegro

© 2016 Guillermo Andrés Posada
Todos los derechos reservados.

Corrector de estilo: María Carolina Alcalá Alfaro
Imágenes portada: Scott Biales, Nejron Photo
Imagen interna: Marzolino

Primera edición
Bogotá D.C – Colombia 2017
ISBN: 978-958-48-0445-7

Dedicatoria

Frente a una hoja la inspiración se ha materializado en pensamientos diversos que lograron levantarse del suelo gracias al viento. Cálida corriente que, en mi vida, solo puede generar mi familia: Guillermo, mi padre amplio, sencillo y reflexivo; Lucía, mi madre tenaz, humana y dedicada; Rocío, mi esposa, el motor esencial de mi existencia; Paola y Sebastián, mis hijos que crecen inexorablemente, y hasta mis perros, fieles y desinteresados compañeros.

Gracias viento.

Contenido

NARRACIONES DE NAKUA

NARRACIONES DE KUISMEI

NARRACIONES DE MIRSHAYA

NARRACIONES

de

NAKUA

CAPÍTULO I

LA ESPERANZA PUESTA EN TRES GUARDIANES

Aunque no poseía la sabiduría del naoma[1] sí podía recordar algunas de sus historias, mejor contadas que las de mi abuelo. Una noche, en la que Namyu tejía en el templo y yo lo acompañaba, el naoma nos pidió a todos los niños que nos acercáramos a él. Inició un relato en el que el protagonista era un jaguar legendario. Realmente eran tres jaguares: abuelo, padre e hijo. Ellos, enviados por la madre de todas las cosas, curaban enfermedades y eran grandes naomas.

Nos contaba emocionado que del abuelo hemos heredado las máscaras que nos permiten transformarnos en animales e ir a diversos mundos. Luego la emoción se le transformó en regaño. Ellos venían a hacer el bien, sin embargo, abusaron de su poder, eran buenos, pero no siguieron la ley de la madre universal y por ello fueron castigados. Los tres no controlaron su hambre y comieron mujeres que veían como piñas.

Finalizó el relato advirtiendo que los tres permanecían ocultos en la sierra[2], en una cueva profunda esperando cumplir su promesa de salir a destruirlo todo en el fin de los tiempos,

---

1   Naoma: sacerdote tairona.

2   La sierra - La Sierra Nevada de Santa Marta se ubica al norte de Colombia. Se considera el sistema montañoso litoral más alto del planeta. Los tairona habitaron la sierra hasta que fueron aniquilados por la conquista española en una guerra que duro casi cien años, entre comienzo del siglo XVI y el XVII.

cuando Gauteovan[3] ya no le pueda dar más aliento a sus cuatro hijos que sostienen el mundo y todo se derrumbe.

—Hoy es el día más especial en tu vida ¿y tú duermes muchacho? —con esas palabras de mi abuelo Namyu desperté aquel día en mi choza de bahareque y paja.

A ese hombre, parado al frente de mi hamaca, de cabello completamente blanco como la cima de la montaña en la que ha transcurrido gran parte de mi vida, lo admiraba por sostenerse de pie mientras mis padres y hermanos cayeron víctimas de las armas extrañas de las que salían truenos con una furia que no alcanza a soportar ni el oído más esquivo. Armas creadas en un mundo que no logro entender, quizá porque nunca viajé tan lejos de mi sierra y menos en uno de esos cayucos gigantes, de los que contaba la gente llegaban llenos de intrusos que venían a arrebatarnos nuestra vida, y que amanecer tras amanecer diezmaron a mi familia y las de muchos otros que tuvieron que soportar el abandono forzado de sus seres más amados.

Namyu jugueteaba con mi hamaca mientras con picardía calculaba mi caída sin conseguir aún resultados.

Yo que quería ocultar la angustia que me acompañaba desde la noche anterior, creí que con hacerme el dormido lograría despistar a mi abuelo y ganar así tiempo que me regalara aliento y coraje para enfrentar los eventos de ese día. Pero como Namyu no era una de esas personas que se rindiesen al primer intento, con un movimiento un poco más brusco, a pesar de su baja estatura, logró tirarme de la hamaca para que el suelo y el dolor en una costilla me hicieran acabar mi representación de un muchacho somnoliento.

Ya incorporado a una silla y con una bebida de sabor fuerte en mis manos, logré escuchar la algarabía de hombres que apurados organizaban minuciosamente los altares alrededor del templo con espectaculares estatuas de piedra, y a los niños de

---

3   Gauteovan: Principal deidad tairona, madre de todas las cosas asimilada a Haba Gaulchovang, diosa kogui bajo la concepción de que es la madre primordial.

mi pueblo que, entre risas, practicaban cánticos y bailes imitando a los hombres mayores que preparaban el tributo a la madre del universo. El preludio de un evento inolvidable en medio de nuestra fiesta del maíz.

Terminada la bebida mi abuelo me recordó la necesidad del baño ceremonial. No se advertía, en mí, un mal olor, pero el ritual de aquel día iniciaba con un lavado especial que preparaba mi cuerpo y mente para el viaje que emprendería guiado por Gauteovan, la madre de todo lo que existe. Ya no sería un simple muchacho de Maseku. Me convertiría en uno de los viajeros que intentaría regresarle el equilibrio a nuestras tierras, encontrando la benevolencia de nuestros dioses. Una misión tan importante que determinaría el resto de mi vida.

No se trataba de aquellos cambios que representaban mi paso a la adultez, de los que mi pueblo también práctica. En este caso, de verdad mi antigua vida quedaba a un lado. Mi familia, es decir mi abuelo, ya no estaría allí, despertándome todos los días para que lo acompañara a preparar el fuego que utilizaría en la forja de collares de oro con figuras que simbolizaban nuestra historia, y que luego yo saldría a cambiar por comida y otras cosas.

Y es que si algo he de extrañar, es aprender de Namyu sus enseñanzas, fruto de los años que tiene en este mundo. Él nunca fue bueno contando historias, aunque siempre fue muy bueno guiándome, mostrándome nuestro mundo y preparándome para transformarlo.

Desde pequeño aprendí a dividir mi atención entre las palabras de mi abuelo y la sensación de cercanía y gusto que tenía por mi compañera de juegos, Mirshaya.

El día en que Namyu me habló por primera vez del mundo y su movimiento, yo me perdía sin remedio en los ojos bonitos de Mirshaya. De alguna manera extraña también lograba escuchar las palabras de mi abuelo. Él sabía que el mundo nunca deja de moverse y que se debe estar preparado, no solo para adaptarse, sino para transformarlo en caso de ser necesario, protegiendo el equilibrio que permite que el universo se sostenga sin caerse y superando la idea simple de que en nuestro mundo solo existe lo bueno y lo malo. Él sabía que las fuerzas que nos gobiernan y nosotros mismos nos movemos en ocasiones de un lado al otro y que si hay desbalance todo se pone en peligro.

Una de las cosas que me repetía Namyu constantemente, y que me gustaba que lo hiciera, no porque en ese momento lo entendiera sino porque de pequeño recuerdo que también se lo decía a mi padre, es que alcanzar el equilibrio no es un asunto de poner, simplemente, dos fuerzas opuestas en balance como creía la mayoría. Se debe hacer que cada fuerza entienda que la otra existe y tiene el mismo derecho de existir, garantizando que no solo una haga rodar el mundo, porque entonces no rodará. Eso explicaba mi abuelo.

Siempre he creído que Namyu debió ser un naoma porque sabía muchas cosas del mundo. Parecía el más preparado para guiarnos como sacerdote. Aunque Sinnaca, el naoma de mi pueblo, también era un buen sacerdote que sabía que debíamos intentar algo diferente para enfrentar a los hombres invasores y sus ansias incontrolables de tenerlo todo sin importar lo que destruyesen.

Esa mañana al salir de mi choza podía ver, frente al templo, tres vasijas negras ceremoniales muy grandes, llenas de agua y a la vista de todo mi pueblo como un acto público del que todos debían participar y en el que mis compañeros y yo éramos el centro de atención. Una especie de entrega a Gauteovan, la madre de todo el universo. Era un nuevo parto del que naceríamos listos para enfrentar con valor y sabiduría todos los eventos que marcarían nuestra misión en este mundo.

Caminé un par de pasos ansioso de ver a Kuismei y sobre todo de ver a Mirshaya. Creo que ni me concentré en el camino por mirar de lado a lado dónde estaban, tanto que terminé al frente de la vasija que no me correspondía. Y supe que me había equivocado, no por recobrar la concentración, sino porque veía al fondo a mi abuelo haciendo todo tipo de muecas desesperadas para que yo retomara el camino.

—Esa no es mi amigo —me dijo Kuismei mientras me tomaba del hombro y me acercaba a mi vasija.

—¿Nervioso? —me susurró y caminó de nuevo a su propia vasija, mientras se colocaba la túnica azul propia de este acto solemne.

Debo decir que no era yo el único muchacho que podía preciarme de ser una especie de elegido en mi pueblo. A nuestro naoma se le había ocurrido crear una nueva figura de héroes para nuestras tierras. Lo había hecho en medio del desespero de saber cercada a nuestra gente a manos de los invasores y toda su crueldad. Nos llamó los guardianes del equilibrio. Elegidos con la meta firme de mantener el equilibrio que rompían los intrusos invasores desde su llegada a nuestro territorio.

Ya mi abuelo, días antes y sentados en el templo, me había explicado que debíamos ser héroes cuyas acciones no son solo el resultado de atender una orden de los ancianos del pueblo o de rendirse ante los caprichos de los dioses, sino de una voluntad inquebrantable por hacer lo que creen es lo correcto poniendo al servicio de nuestro pueblo las habilidades que nuestros ancestros han hecho florecer en cada uno de nosotros. No se requería ser una persona especial que viniera marcada por los astros. Se necesitaba una fuerte convicción nacida de sus propias experiencias y aprendizajes. Entonces lo que definitivamente te daba la entrada a ese pequeño círculo eran tus actos que respaldaban tu convicción por el equilibrio.

Kuismei era mi amigo de siempre. De esos que comparten contigo aventuras y sueños. Y él en particular te producía una sensación de seguridad. Muchos pensarían que lo digo por su corpulenta figura, su sobresaliente altura y sus habilidades en batalla, aunque sin experiencia suficiente para llamarse a sí mismo manicato, guerreros tan experimentados y exitosos que llevan como cinturón el cabello de sus enemigos. Yo lo expreso más por su inquebrantable confianza y la fuerza de su espíritu, que aun en la situación más desesperanzadora su empeño te daba la moral para encontrar la solución a lo que parecía no tener ninguna.

Kuismei también había sido elegido como guardián, tal vez por ese temple de guerrero que el naoma sabía se requería para enfrentar a los invasores. Fueron muchos años en los que como hermanos compartimos bajo la guía de mi abuelo, ya que Kuismei había perdido a toda su familia a manos de los mismos seres malignos que habían acabado con la mía. Justo cuando los dos teníamos nueve años y yo acababa de pedirle al naoma que no siguiera preparándome para ser un sacerdote.

Recuerdo en particular una aventura en la que Namyu nos dio por misión cruzar una montaña al suroeste, que ahora que la visualizo me parece tan pequeña, pero que cuando tenía diez años era la cima del mundo y parecía que tocaba las nubes en el cielo.

Kuismei y yo escalábamos entre ramas de enredaderas que se descolgaban por los riscos. Una situación en la que él me tenía ventaja, pues ya contaba con una fuerza física envidiable. Sin embargo, para un par de amigos con una meta en común es fácil tener un trato comprendido sin ni siquiera dialogarlo. Él lograba llegar siempre a cada risco, acomodaba sus pies para lograr firmeza y luego de un solo tiro con su brazo atado al mío me halaba a su lado.

Yo en cambio observaba perplejo cualquier indicio de algo nuevo, un tipo de piedra que nunca había visto, un olor nuevo y peculiar o un resplandor que no entendiera. Cualquier cosa desconocida que activaba de inmediato mi mente, queriendo indagar más para darle una explicación desde lo que conozco o para abrir un nuevo sendero de conocimiento al que antes no tenía acceso. Eso me encantaba porque era como abrir un nuevo camino. Como los caminos de colores del arcoíris o como los ojos de los animales que nos muestran diferentes formas de entender el mundo.

En aquella montaña mi fascinación por reconocer lo aprendido o por entender lo desconocido, manía obtenida a lo largo de mis nueve años de encierro bajo la orientación del naoma y mi abuelo para convertirme en sacerdote, me llevó a encontrarme de frente por primera vez con un jaguar tan grande como una roca de las que adornan el templo. Sus ojos llenos de furia incontrolable parecían piedras negras que reflejaban el fuego del sol. Una fuerza que, aunque sagrada porque representa el linaje de mi padre, me causó al mismo tiempo temor y admiración.

Pude ver como saltaba de la rama del único árbol que se levantaba, hacia el piso caminando sobre pedazos falsos de agua que luego me dijo Kuismei llamaban los invasores, espejos.

Cuando el jaguar desapareció tuve el impulso de recoger uno de esos trozos de agua falsa para intentar pegarlo a mi vestido mientras sentía que susurraba el viento palabras que no pude entender esa mañana. Fue la mano de Kuismei en mi hombro y su posterior empujón lo que me hizo desistir.

—Son solo espejos de los invasores, acaso ya no tienes suficientes amuletos en ti, no es nada que valga la pena —dijo Kuismei opacando la importancia del descubrimiento.

Allí supe que la mano de un amigo en tu hombro es necesaria para emprender el camino que te propones. Claro, el de un amigo, y no el de un simple compañero. Como aquel niño, del que ni recuerdo su nombre, que cuando recién cumplí los nueve años y sin conocer nada fuera de la cueva donde me preparaban pare ser sacerdote, me impulsó con sus palabras de confianza a tocar un collar de oro que mi abuelo acababa de fundir. Ya cualquiera puede imaginar mi dedo rojo encendido de dolor y de lo cual tengo una cicatriz que me recuerda que no a cualquiera se puede escuchar ni en cualquiera se puede confiar. Pero Kuismei es un amigo y confío en él.

Ya a punto de entrar en la vasija continué mi seguidilla de errores. No me había colocado la túnica así que justo antes de tocar el agua con mi pie, sentí el pellizco de mi abuelo. Se acercó seguramente intuyendo que mis nervios no me dejarían recordar los pasos de mi iniciación. Los que me había repetido y hecho repetir, creo yo, más de cien veces en la última semana. Aunque no lo culpaba. Esa era su manera de demostrar todo su afecto. Sé que siempre ha estado orgulloso de mí, más allá de la figura representativa en la que me convertía pertenecer a este grupo de guardianes. Él conocía mi corazón, mis habilidades, mis sueños. Él sabía en qué clase de hombre me podía convertir y estaba orgulloso de eso.

—Eres un gran hombre abuelo —le dije mientras me ayudaba a colocar la túnica. Fue un momento sentimental y sencillo en el que pude mirar fijamente a Namyu para expresarle con esas palabras toda mi gratitud. Él sabía que existía la posibilidad de nunca más volvernos a ver y con nostalgia aceptaba el sacrificio. Por mi parte, yo un poco más rebelde, me aseguraba, con palabras en mi mente, que tendría que abrazarlo una vez más luego de terminado este viaje, sin importar las situaciones a las que tuviera que enfrentarme.

Desde el inicio, entrando en la vasija, tuve problemas para acomodarme. Mi abuelo escogió la vasija negra en la que me bañaría ceremonialmente con agua y aceites especiales, y debo decir que no solo era malo para contar historias. También lo era para calcular el tamaño de la ropa, de las porciones de comida, de las distancias y por supuesto de las vasijas para ceremonias rituales.

Me acomodé como pude más por el afán de ver a Mirshaya que por realmente estar cómodo. Quería verla pronto y ya la ansiedad se hacía evidente.

Ella no era mi amiga, o no era solo una amiga, por ella sentía algo más allá, más profundo que una amistad. La verdad es difícil para mí describirlo. Con ella nunca escalé montañas o compartí secretos de travesías. De ella ni siquiera necesitaba una mano en el hombro. Solo escuchar su voz era suficiente para movilizar todo mi cuerpo.

La mía era la historia que se cuenta mientras las mujeres cultivan. La historia de un chico o mejor un aventurero enamorado de la mujer que parecía perfecta: valiente, rebelde, de fuertes convicciones y una sensibilidad que la conecta con el mundo. La chica deseada por todos y renuente a enamorarse de cualquiera, pues no está dispuesta a aceptar todo cuanto le ordenan. Y aunque no era una hija directa de Gauteovan a veces parecía comportarse como diosa dispuesta a servir a su pueblo sin que otros la utilicen a su conveniencia. Su voluntad, rebeldía y actitud de guerrera ya la había demostrado varias veces junto a otras mujeres del pueblo. Ella se hacía especial con cada pequeño acto diario que realizaba. Cuando elegía una canción para alegrar, cuando daba ánimo con una mirada, cuando brindaba su mano para ayudar, cuando observaba el cielo.

Mirshaya tiene una de las habilidades que más puedo admirar. Una serenidad que le permite observar el mundo y comprenderlo mejor. Y esa habilidad la descubrí en ella desde que teníamos diez años.

Bajaba con Kuismei de la montaña y mi mente repasaba la atracción que sentí por tomar trozos de agua falsa, cuando la observé sentada al lado de un árbol con la mirada aparentemente perdida hacia el horizonte donde el sol ya empezaba a ocultarse. Kuismei quería molestarla y aunque para él parecía ser gracioso hacerle muecas y gestos para desconcentrarla, a mí me molestó su falta de respeto. Desde pequeña ella ha salido siempre bien librada de ese tipo de situaciones. Ni se molestó en mirarlo, sabía que merecía más su atención aquellas imágenes que observaba y esas ideas que le nacían.

Mi abuelo decía que ella tenía algo de sabia, no porque conociera muchas cosas sino porque poseía la capacidad de ver el mundo desde fuera y desde adentro, y así podía sentir cada uno de los nueve mundos. Yo no le entendía mucho esa explicación, aunque al recordarla mirando hacia el horizonte puedo decir, casi con certeza, que su alma se dividía en dos, la que aún permanecía en su cuerpo discretamente sentado en una orilla de la montaña y otro trozo que se alzaba sobre ella. Sí, sentía que sus ojos se posaban sobre el horizonte, pero que desde encima de su cabeza me observaba a mí.

El momento había llegado. La vi salir de su choza acompañada por su padre, el cacique del pueblo. Una vez más su presencia no me defraudaba. Su cabello largo y lacio, hermosamente decorado, que apenas si se movía, mientras su rostro dejaba ver la serenidad que la caracterizaba.

Mientras Mirshaya caminaba hacia su vasija y se despedía de su vestido, dejó escapar una tenue sonrisa, que sabía estaba dirigida a mí. Lo sé porque ya desde meses atrás los dos fantaseábamos con este día y nos reíamos al intentar hacer la representación de cada una de las indicaciones que nos habían dado y que debíamos repasar para el gran día de nuestra ceremonia.

Aquel disimulado contacto me emocionaba y hacia que el corazón palpitara a toda velocidad y mis músculos se relajaran a tal punto de no sentir más la incomodidad de la vasija. Ya profesaba que la quería y por ello, unos días antes, sin que nadie se enterara, aunque creo que ya era evidente para todo el pueblo, le pedí consejo al naoma para saber si era la mujer con la que podría estar el resto de mi vida.

Ella entró delicadamente a la vasija negra mientras las mujeres más ancianas derramaban aceites de diversos colores en las tres aguas. El aroma de los aceites era extraordinario. Tanto que me lograron transportar mentalmente a un bosque inventado por mi mente. Con los ojos cerrados disfrutaba, ya no solo del agradable olor. También disfrutaba de los suaves murmullos de los pobladores convertidos en tenues cánticos que me arrullaban como a un niño. Lo más agradable creo yo, es que traían recuerdos de mi madre cargándome en su espalda mientras me cantaba.

Si hubiera sido mi elección me hubiera quedado hasta el noveno siglo congelado en aquel instante, mas la iniciación apenas comenzaba y el baño solo era su comienzo.

Pasaron cánticos, bailes y ofrendas dirigidas a la madre del universo para que pariera a estos tres guardianes. Fue algo largo pero conmovedor. Dediqué todo ese tiempo a recordar momentos felices que viví con mi madre, mi padre, mis hermanos y mi abuelo.

Quién sino Kuismei, para ser el encargado de alejarme del mundo de recuerdos y colocarme de nuevo en estas tierras. Una pequeña piedra junto a su inexplicable suerte logró despertarme con un golpe certero en la ceja. Y digo suerte porque desde niño siempre logró ganarme en los concursos de puntería que realizábamos, intentando romper la mayor cantidad de vasijas de barro, sin tener nada de pericia. Siempre lograba dar en el blanco sin siquiera ver su objetivo. Solo sonreía y disparaba los dardos o las flechas hacia cualquier lado, mientras yo veía como estas daban múltiples rebotes y al final lograban dar en el punto deseado, tumbando las vasijas colocadas estratégicamente sobre las ramas de los árboles.

—Despierta despistado que ya es hora de partir —dijo Kuismei— o es que no recuerdas a qué hemos venido.

Creo que con lo único que pude responderle fue con un gesto de rabia expresado en mi cara, mientras pensaba en su desagradable suerte en los juegos de tiro al blanco.

—Ah y deja de pensar que fue suerte —me dijo Kuismei mientras una mujer de la tribu le ayudaba a cambiarse de ropa, quitándole la túnica mojada por ropas nuevas y especiales para nuestra segunda etapa de la iniciación.

Luego de repetir con muecas las palabras de mi amigo me dispuse a quitarme mi propia túnica empapada y a colocarme el nuevo vestuario. Resbalé constantemente mientras intentaba hacer las dos tareas: observar a mi querida Mirshaya y vestirme. Fue inevitable intentar mirar su cuerpo porque, aunque antes ya la hubiese visto desnuda, observarla allí, saliendo de la vasija y luego vistiéndose movía dos pensamientos en mi cabeza. Uno de cercanía espiritual y de admiración por la naturaleza, y otro más de este mundo, que me llevaba a fantasear con tocarla y disfrutar de su cuerpo al entregarle también el mío.

Los tres con prendas nuevas y secas apenas si tuvimos tiempo de dar un respiro. Otras mujeres a nuestro alrededor nos adornaron con collares propios de nuestro nuevo estado. En aquel momento no me divertí tanto porque desde que era pequeño no me ha gustado mucho que me toquen. Ni siquiera cuando mis hermanos mayores me preparaban para fiestas rituales a las que todo buen niño debe ir bien presentado. Todos lo disfrutaban, pero por alguna razón yo no.

Afortunadamente la tortura duró poco, pues acto seguido estábamos listos para danzar. El ambiente no podía ser más festivo. Todos a nuestro alrededor empezaron a bailar de nuevo y nosotros en el centro, un poco elevados sobre los demás por tres piedras grandes y un suelo cubierto de flores azules. Solo debíamos dejarnos llevar por los sonidos de las ocarinas hermosamente elaboradas con barro negro. Me encanta el sonido que producen. Desde los nueve años tengo guardada la de mi padre. Una ocarina que representa a Peico[4] y el don que nos otorgó para tejer. Esa precisamente era la labor que más le gustaba a mi padre.

En ese instante me sentí libre porque podía echar de lado las costumbres propias de la ceremonia, para dejarme poseer por la música y permitirle a mi cuerpo la total libertad de moverse como quisiera.

Lo que hizo más especial el momento fue observar a mis dos compañeros de viaje, constatando que no era el único que disfrutaba el instante plenamente. Una especie de euforia en la que los movimientos de los otros se veían muy lentamente. Sentíamos que no teníamos pies y que las corrientes de viento controlaban nuestro cuerpo en medio de sonrisas entrelazadas. Fue muy agradable. Era el segundo mejor momento del día,

---

4   Peico - Deidad tairona que les enseño a trabajar el oro y la tierra, y a tejer mantas y chinchorros.

después del recuerdo que tuve de mi familia en el baño de aceites aromáticos.

No sé por cuánto se extendió el baile porque no suelo llevar juicioso seguimiento del tiempo. Lo cierto es que la presencia de Sinnaca, nuestro naoma, al lado de las tres piedras, hizo que todo parara en medio de un ambiente de solemnidad y mucho respeto.

Yo no mantuve tanta compostura y salté rápidamente de la piedra hacia él, como saludando a un familiar que se estima mucho. Él y mi abuelo son amigos desde muchachos. Una amistad que se acercaba más a la hermandad, resultado de aventuras que seguramente habrán vivido juntos, pero que siendo honesto no conozco porque Namyu no sabe contar historias y cuando las cuenta yo nunca las entiendo.

Los miembros de la tribu lo respetan por ser el sacerdote. Alguien que por su edad y el favor de los dioses tiene tantas experiencias vividas, que conoce, sabe e intuye muchas cosas. No es perfecto y como cualquiera comete errores. Como el día que creyó parar la insaciable sed de los invasores emborrachándolos con bebidas fermentadas y lo que logró fue atraerlos aún más enloquecidos por la adicción a estas. O cuando pensó que podríamos traer del otro mundo dioses que nos ayudarían a luchar y nos obligó a atar cuerdas del árbol más alto mientras nosotros sosteníamos el otro extremo con nuestras bocas. No logramos traer dioses del otro mundo, en cambio tuvimos nuestras mandíbulas adoloridas por varios días. Aun así lo respetaban por haberse ganado el afecto de todos a lo largo de los años demostrando compromiso por mantenerlos unidos, aunque abiertos al cambio como en el caso de su fallida ceremonia con cuerdas en la boca.

También fue él quien ideó la nueva ceremonia para guardianes del equilibrio, movilizando la esperanza de cada anciano, hombre, mujer y niño alrededor de su sabiduría para elegirnos y de las habilidades que decía poseíamos para lograr nuestro cometido.

—Todo por cuanto han luchado, todo por cuanto han amado, todo por cuanto han vivido ustedes, sus padres, sus abuelos, sus antepasados, y otros de los que ni siquiera sabemos porque aún no conocemos todo nuestro mundo, todo constantemente se pone a prueba —dijo Sinnaca mientras nos abrazaba a los tres elegidos.

—La madre nos ve, nos oye y nos siente —continúo diciendo Sinnaca—. Deja que tomemos nuestras propias decisiones, unas buenas, otras no tanto. Unas dejan consecuencias, otras apenas si se notan, pero todas se enlazan y permiten que evolucionemos o retrocedamos. En estos tiempos, y en otros del pasado y de un futuro, siempre se pondrá en peligro el equilibrio por aquellos que quieren poseerlo todo.

Cuando terminó de abrazarnos, el naoma se volteó y se alejó lentamente dándonos la espalda, mientras pronunciaba las últimas palabras que escuché de él.

—Serán la mano de Búnkua[5], hijo de la madre de todas las cosas. Serán su cuerpo listo a castigar al que quiere romper el equilibrio —en ese momento, Nurnavi, el cacique de mi pueblo, le entregó a Namyu cinco mochilas con diferentes cosas adentro. Cosas que se suponía nos ayudarían en nuestro viaje.

Cuando mi abuelo se acercó a nosotros para entregarnos las cinco mochilas en compañía de otros hombres de la tribu, escuchamos una voz tenue.

—Prepárense porque, aunque no es el noveno siglo, los tres jaguares querrán salir y comerse el mundo entero —decía entre dientes Namyu.

Mi abuelo se alejó lentamente, dando la espalda también, mientras mis compañeros de viaje se despedían de aquellos que querían sin usar una sola palabra.

---

5   Búnkua - Búnkua-se, en la mitología kogui, es un dios sancionador de otros dioses.

Un momento más y nuestro pueblo, en medio de la noche, no pudo ver ni nuestra sombra. Y así como había iniciado la ceremonia con euforia y entusiasmo, en contraste, ahora culminaba con cansancio y soledad.

CAPÍTULO II

UN CAMINO QUE SE REVELA

El inicio de nuestra travesía no fue el que imaginamos emocionados durante las últimas semanas. Estábamos más bien tristes y desolados, porque luego de cánticos y bailes solo nos acompañaba el susurro del viento, mientras caminábamos por los caminos de piedra que nos llevaban hacia la cima fría y congelada de la sierra.

Fácilmente uno se podría preguntar ¿por qué, si debíamos llegar hasta las tierras donde se encontraban los invasores para desterrarlos, teníamos que subir hasta la cima de la montaña en medio de un frío que aterraba?

Bueno, el naoma, unos días atrás, nos explicaba junto al mar, que el enemigo era tan grande y poderoso que necesitaríamos la ayuda de los dioses para poder enfrentarlos y ganarles. Nos aclaró que no éramos héroes con poderes especiales que enfrentaríamos a los invasores frente a frente para derrotarlos, sino que nuestra misión era propiciar los eventos y acciones para que todos pudiéramos participar en una lucha donde se pudiera deshacer su poder.

—Por años hemos creído que los dioses nos acompañarían y hemos esperado su respaldo, pero por alguna razón no han venido a socorrernos mientras miles de nuestros guerreros murieron combatiendo y muchos de nuestros pueblos desaparecieron en medio de las cenizas —dijo Sinnaca.

—Y ¿por qué no detienen y castigan a los invasores? —le repuse con cierta furia a Sinnaca mientras él observaba el mar.

—Esa es precisamente la pregunta que marca el destino para ustedes y les impone su misión como guardianes —nos advirtió

Sinnaca—. Deben buscar por toda la montaña, y si fuera necesario fuera de ella, la respuesta a esa pregunta y así traer consigo la ayuda necesaria. Es nuestra última esperanza.

Luego nos miró fijamente y nos explicó que debíamos iniciar nuestra travesía llevando cuatro ofrendas al templo que se encontraba en la cima de la montaña y allí pedir guía y amparo para proseguir y encontrar las respuestas. Mirshaya que era mujer no podía entrar a un templo; sin embargo, tenía la complacencia del naoma que autorizaba excepcionalmente su presencia en el lugar para garantizar que las ofrendas cumplieran su pretensión de agradar a Gauteovan.

El recuerdo de lo dicho por Sinnaca no pareció ser consuelo suficiente para nuestras mentes y cuerpos cuando el frío, que justo por esa época se hizo más inclemente, congelaba los huesos y casi no nos permitía movernos y más aún llevando ofrendas y provisiones tan pesadas. Por todo ello los tres decidimos parar al poco tiempo de iniciar nuestro viaje para planear mejor las cosas.

La noche estaba apoderada de todo y era necesario resguardarse de la intemperie y de muchos otros peligros propios de la oscuridad. Nos acomodamos en medio de algunos árboles bajitos que en algo nos protegían de las corrientes de frío.

Cada uno sacó la piel que traía consigo. Kuismei tenía la más grande y rápidamente la arrojó en el suelo. La de Mirshaya era pequeña y delgada así que Kuismei le ofreció compartir la suya.

De solo escuchar la invitación que él le hacía a ella me hirvió la sangre. Me pareció un aprovechado. ¿Qué clase de amigo tengo?, pensé en medio de una furia que se debía reflejar claramente en mis ojos.

Ella, medio tímida y viendo la necesidad de aceptar la invitación, se acostó a su lado.

31

Para mí no podía ser más despreciable la escena hasta que vi el rostro de Kuismei con una risita característica en él cuando quería hacer o ya había hecho una travesura.

Así se comportaba desde que éramos pequeños. Como aquel día que llevábamos alimentos y bebidas sobrantes de una celebración y por primera vez nos aventuramos a salir solos un poco lejos del pueblo para conocer a los comerciantes muiscas que venían de tierras aún más lejanas para intercambiar mantas y collares. Tímidamente nos acercamos a observar las cosas que traían. Ellos habían parado un momento para descansar de su viaje y cuando nos visualizaron, no pareció que realmente llamáramos su atención. Pensaron que éramos simples niños que no teníamos nada que valiera la pena para intercambiar.

Kuismei con su impertinencia característica se recostó sobre una piedra, mientras cruzaba los brazos y bostezaba justo al lado del que parecía ser el más importante del grupo de viajeros.

—No sé a qué vienen, no son nada especial —dijo Kuismei.

Eran de todo menos "no especiales", pensaba yo mientras veía como todos tenían adornos en oro hasta las orejas, túnicas con muchísimas plumas y una altura que doblaba la nuestra. Parecían caciques.

—A qué te refieres muchachito. Aléjate y déjanos en paz —le replicó el viajero comerciante.

Mi amigo continuó increpándolos con pequeños insultos disimulados logrando enfurecer cada vez más al grupo de comerciantes.

Era evidente que algo planeaba y la situación involucraba un collar que brillaba con fuerza en el pecho de uno de los viajeros.

Kuismei los retó a intentar alcanzarlo en una carrera, advirtiendo que era descendiente de dioses y poseedor de habilidades increíbles. Claro, no le creyeron, pero intentaron acallar su arrogancia aceptando el reto.

Como era de esperarse y luego de iniciar la persecución, en solo un momento ya le habían dado alcance.

Mi amigo les habló, entonces, de su gran fuerza y les pidió, a cada uno, que lanzaran una piedra de considerable tamaño lo más lejos que pudieran con los brazos. Los viajeros muiscas, incrédulos, sin nada mejor que hacer en aquel momento, buscaron grandes piedras, ya no solo con la intención de callar la prepotencia de Kuismei, sino para fanfarronear entre ellos mismos. Cada uno lanzó pesadas piedras para demostrar su fuerza y luego esperaron a que mi amigo lanzara la suya. Él alzó una pequeña piedra y la arrojó tan lejos como pudo.

A una sola voz le censuraron su actuación al advertir que las reglas del reto, que él mismo había colocado, hablaban de utilizar una piedra grande, a lo que mi amigo les repuso argumentando que la piedra había sido lo suficientemente grande si la miraban con los ojos de un animal pequeño.

La respuesta no agradó mucho a los caminantes y uno de ellos se dispuso a tomar del cuello a Kuismei. En una última jugada antes de ser golpeado les aseguró que todo lo había dicho y hecho porque quería ganar un collar que llevaría como ofrenda a la laguna de Suriva, donde los pájaros con las más hermosas plumas revoloteaban sin parar.

La idea de pájaros con hermosas plumas les atrajo a los viajeros que veían en estas la oportunidad de confeccionar nuevas y hermosas capas ceremoniales para ellos y para intercambiar en otros pueblos.

—¿Y dónde queda esa laguna de la que hablas? —preguntaron los caminantes.

Kuismei señaló con la mano hacia el árbol más alto que se podía observar en el lugar, asegurándoles que si subían hasta su cima podrían ver la laguna y todas sus hermosas aves con largos y esplendidos plumajes.

Sin esperar un solo momento todos los viajeros subieron el gran árbol. Con mucho esfuerzo uno a uno llegó hasta la cima, pero ninguno logró ver nada.

Cansados y desilusionados bajaron nuevamente al suelo. Intentaron golpear a Kuismei, aunque el cansancio de todo lo hecho les había restado fuerza y agilidad.

Mi amigo, que es tan vivo, desde el primer momento del encuentro con los viajeros muiscas había notado que no les quedaban provisiones de comida y bebida. Así que cansados y agotados tuvieron que ofrecernos el collar que tanto le gustó a Kuismei para intercambiarlo por la comida y bebida que traíamos.

Al final apareció su característica sonrisa picaresca. Sonrisa que no borró en, al menos, tres días mientras mostraba a todos los niños y niñas de nuestro pueblo su nueva adquisición.

La misma sonrisa en su rostro me indicaba que algo planeaba mi amigo al haber invitado a Mirshaya a dormir a su lado.

—No... no puedo resistir el olor de esta piel. Yo le dije a tu abuelo que no quería una piel de venado. Huelen mal. No la soporto. Ven acá y dame la tuya Nakua —me dijo Kuismei con una voz que parecía exaltada.

Mientras él tomaba mi piel y yo me cubría con la suya me dio un golpecito en la espalda. Para ese entonces ya fue clara su estrategia. Toda la actuación buscaba que yo terminara compartiendo la piel con Mirshaya y lo mejor de todo es que el cambio no pareció molestarla. Por el contrario, acercó más su cuerpo al mío renunciando a las palabras que ella misma días antes me pronunciara advirtiendo de la necesidad de no dejarnos tentar y concentrar nuestras fuerzas y deseos en la misión que nos encomendaron.

Su piel ya no era extraña para la mía y el roce nos proveyó de resguardo al frío y de deseos reprimidos. Soñé toda la noche con Mirshaya convertida en dulce piña y yo con unas ganas incontrolables de saciar mi sed y hambre disfrutando de su em-belesante jugo y sabrosa carne.

El encargado de sacarme de los sueños de frutas sabrosas fue el sol que nos despertó al calentar directamente nuestros rostros.

Debo confesar que el sol no era lo único que calentaba. Mi cuerpo, que aún recordaba los sueños sobre Mirshaya, me llevó a realizar una travesura. Sin que nadie me viera, saqué de la mochila de mi amiga la túnica que se había colocado en la ceremonia, para que me acompañara su olor y el recuerdo de su desnudez.

Poco tiempo después Mirshaya sacó de su mochila tres arepas de maíz, y aunque sufrí por verme descubierto, pareció no darse cuenta de la pérdida de su túnica.

Mientras comíamos las arepas empezamos a sonreír como niños chiquitos. No había un motivo claro y no lo necesitá-bamos. Era más bien una manera de comunicarnos y darnos fuerza. Así que aún sonriendo nos tomamos los tres de las manos cerrando un círculo, mientras compartíamos miradas por un momento. Fue algo así como nuestra propia ceremonia, sin naomas y caciques. Solo nosotros tres en una unión más íntima con la madre del universo.

Rápidamente comimos y bebimos de un pequeño lago, pre-parando nuestro cuerpo para lo que quedaba de camino.

Con el ánimo renovado nos colgamos todas nuestras mo-chilas y proseguimos nuestro camino a la cima en medio de una temperatura un poco más favorable.

Me pareció un momento similar a otro vivido por los mismos tres protagonistas en su niñez. No era la primera vez que viajábamos juntos, pero sí era la más importante.

El camino no fue fácil. Kuismei nos ayudó a pasar pe-queños riscos halándonos con su reconocida fuerza. Unos riscos eran más fáciles que otros, aunque todos con el riesgo de hacernos terminar nuestra misión antes de haberla comenzado.

Y cuando logramos superar lo que parecía ser difícil, nos encontramos de frente con un gran acantilado, que la verdad no conocíamos bien. La misión era clara y aunque el camino no tanto, continuamos cada uno dependiendo de su propia destreza para cruzar.

De hecho fue difícil aceptar que, en algunos momentos, Mirshaya tenía más habilidad cruzando por estos peligrosos riscos, pues utilizaba su bajo peso y fuerza en las manos para agarrase fácilmente de raíces de árboles o de pequeñas grietas que le ayudaban a apoyarse y superar el vacío. Yo intentaba hacer lo mismo, pero no sé por qué razón mis manos no me respondían de la misma manera.

En algún momento de mi vida, cuando me acercaba a los once años, me dijeron un par de niños que tenía manos torpes por dejar caer una pila de palos de bahareque que sostenía en el techo de una choza, mientras pretendía ayudar a varias personas del pueblo que la arreglaban. Más de un inocente terminó con un chichón en la cabeza por mi culpa.

Seguramente sí soy torpe con mis manos. Obviamente esa debilidad no la podía dejar al descubierto y menos frente a mi futura mujer. Así que desde el principio les dije que yo cruzaría de último, lo que me permitió con cada lacerada en las manos o trastabillada de mis pies disimular rápidamente incorporándome de inmediato con pose de despreocupado.

Cansados, pero satisfechos por el camino avanzado, decidimos no parar luego de haber superado el acantilado. Estábamos orgullosos por la conquista alcanzada y llenos de sonrisas que no superaban en número a los raspones y morados, o al menos ese fue mi caso.

Al retomar un camino de piedra todo fue más sencillo, y sin ninguna novedad logramos llegar a una pequeña cueva que, pensamos, nos resguardaría de la recién arribada noche.

—Bueno, el útero de Gauteovan nos protegerá esta noche, les dije a mis compañeros de viaje refiriéndome a la cueva.

Ellos me miraron con cierta burla disimulada.

—Hablas como un anciano naoma —dijo Kuismei.

Crucé mis brazos en una pose de digno y me puse a la tarea de inspeccionar la cueva por dentro, mientras Kuismei y Mirshaya descargaban sus mochilas.

Caminé varios pasos mientras observaba la pared. Entre más caminaba hacia el fondo más roja se ponía. Mientras tanto Kuismei se disponía a encender el fuego.

Pequeños sonidos atrajeron más mi atención. Hacia el fondo de la cueva ya no se observaba nada, así que cuando vi que el fuego de Kuismei ya estaba encendido tomé un poco con una rama que estaba a mi lado y me dirigí de nuevo al fondo de esta cueva.

Logré ver un grupo de murciélagos descansando en el techo. Pero cuando estos sintieron el calor y la luz de mi fuego empezaron a revolotear buscando la salida.

—Cuéntalos Kuismei, cuenta cuántos son —le grité desesperado mientras veía que se alejaban de mí.

Mis gritos no le dieron tiempo de reaccionar a Kuismei. Mirshaya rápidamente se colocó frente a la entrada de la cueva y los contó mientras salían desde el fondo.

Corrí tan rápido como pude hasta Mirshaya y le pregunté cuántos murciélagos había contado.

—¿Qué importa eso? —dijo Kuismei.

—Importa, importa mucho —le respondí mientras miré de nuevo a Mirshaya reiterándole mi pregunta.

—Han sido siete y ya sabes que eso no es bueno —me respondió ella.

Tomé mi cabeza con las manos, pues era el peor de los preludios. El siete nunca trae nada bueno.

—Siete si tan solo hubieran sido nueve —comenté.

Kuismei no entendía los rostros de preocupación que teníamos Mirshaya y yo. Y no lo entendía porque no había pasado nueve años como yo preparándose para ser un naoma o no tenía la capacidad de entender el mundo más allá de lo que se puede observar que sí tenía Mirshaya.

Solo le quedó la alternativa de seguirnos cuando los dos tomamos todas nuestras cosas, y a pesar de que ya era de noche nos encaminamos de nuevo al sendero de piedra que nos llevaría al templo.

Siempre pensé que las pequeñas aventuras vividas en estos diecisiete años me daban la posibilidad de sentirme ya maduro. Nunca creí importante pasar por una de esas ceremonias que les dijera a todos en el pueblo que ya era un hombre, porque aquella experimentada dos días atrás solo develaba la esperanza de un pueblo que empezaba a perderla.

En ese camino de piedra comenzó la ceremonia que no pedí. La que todos los hijos de Gauteovan deben pasar. Mis ojos no verían de nuevo el mundo de la misma manera, y de la inocencia de niños que se creían invencibles, pasaríamos a los combates constantes de la adultez que te hacen jugar entre ser fuerte y vulnerable, pero sin espectadores a quien impresionar.

Caminamos por un largo tiempo en la noche, nerviosos aún por los siete murciélagos, y solo protegidos por el fuego que llevábamos en nuestras antorchas.

Sin duda la caminata más atemorizante que había realizado en mi vida. La marcha era una tortura porque ni siquiera escuchábamos nuestros pasos que quedaban opacados por el susurro fuerte del viento. Para mí era aún más complicado porque no solo soportaba ese sonido de ocarina maléfica que parecía hacer el viento, sino que mi entrenamiento en la niñez para ser naoma me había pulido el sentido de la vista como a un búho y podía observar como miles de sapos empezaron a saltar por la ladera de la montaña, siguiendo nuestros pasos, mientras llamaban a la lluvia para intentar apagar nuestras antorchas.

Difícilmente pudimos mantenerlas prendidas por unos momentos. Al arreciar la lluvia la oscuridad logró ganar esa batalla sobre la luz.

No tuvimos más alternativa que unirnos de manos y avanzar poco a poco guiados por lo que yo alcanzaba a divisar tenuemente en el ambiente.

Aunque fue muy difícil por fin logramos llegar al templo que se apostaba en la falda de la cima más alta.

Nuestro primer cometido estaba cumplido parcialmente.

Ya resguardados de la lluvia trajimos de nuevo el fuego a nuestro mundo y sin tiempo que perder abrimos la mochila que contenía el tributo dispuesto por el naoma para ofrecerle a la madre de todo.

Mirshaya delicadamente fue sacando piedras de diversos colores y tamaños junto a múltiples animales representados en pequeñas figuras de oro.

Ella con el cuidado y respeto que requería el momento envolvió todas las ofrendas con las hojas de maíz amarrándolas firmemente para que no se soltaran una al lado de la otra formando una cadena.

Nosotros mientras tanto esperábamos ansiosos y aún temerosos por el encuentro con los murciélagos. Yo en particular me sentía agobiado por los sonidos que para mis amigos eran imperceptibles, de sapos croando fuera de la casa ceremonial, lo que ya era muy extraño porque a esa altura de la montaña no deberían deambular estos animales.

Cuando Mirshaya terminó de atar las cuatro ofrendas intentó colocarlas dentro de una grieta que cruzaba de esquina a esquina en cuatro puntos todo el templo. Se inclinó y estiró su brazo para situarlas dentro de la grieta lo más profundo que se pudiera, pero de alguna manera parecía que le causaba cierta incomodidad acomodar las ofrendas. Era como si la forma de la grieta o algo dentro de ella le impedía cumplir con su propósito.

De repente los sapos parecieron aumentar en número y con ello el volumen del sonido que producían. Me empezaron a sangrar y a doler intensamente mis oídos al punto que en un instante me encontraba arrodillado junto a Mirshaya cubriendo mis orejas con las manos. Ella soltó las ofrendas y se acercó intentando auxiliarme.

Kuismei se aproximó a nosotros y junto a Mirshaya me levantaron cada uno de un brazo poniéndome en pie. Recuerdo que dimos unos pocos pasos y sentimos todo un estruendo. El más fuerte de nuestras vidas. Eran como piedras blancas cayendo desde el sexto mundo, el que está por encima del nuestro.

Lo último que recuerdo de aquel momento es que cerré los ojos y apreté el hombro de mis compañeros. Luego un golpe seco y contundente nos expulsó fuertemente del templo.

Al despertar me di cuenta rápidamente que la pesadilla no terminaba. Kuismei me llevaba cargado en sus brazos y Mirshaya corría a su lado. Como pudo me lanzó dentro de un pedazo de pared del templo hecho de bahareque, se subió él y luego atrajo hacia la balsa improvisada a Mirshaya tomándola de la mano.

Yo me encontraba acostado, aún sin recuperarme físicamente del golpe recibido en el templo, cuando pude observar como recorríamos un río que se había creado espontáneamente lleno de agua que bajaba de la cima de la montaña.

La velocidad del agua era muy alta y nosotros no contralábamos en lo más mínimo el curso de la balsa. Solo podíamos inertes ver como de golpe en golpe nos arrastraba por la ladera.

No lograba entender el porqué, en un instante, parte de la montaña estaba vestida por un río de aguas tan salvajes.

Retomando mi espíritu de observador decidí sacar la cabeza de la balsa y mirar las tórridas aguas que nos llevaban. No eran tan normales. Al asomarme pude ver como aquel río parecía hecho de hombres y mujeres que con furia nos impulsaban. Metí mi mano en esa extraña corriente y una de las mujeres pareció asomarse desde el fondo. Tomó con fuerza mi mano y aunque intenté empujar hacia atrás, su fuerza no me lo permitió. Con la otra mano me propuse soltarme y cuando creí que lo lograría, una vez más, un sacudón fuerte nos estremeció e hizo que saliéramos despedidos de la embarcación. Todo se veía tan lento como en el baile ceremonial antes de iniciar nuestro viaje.

CAPÍTULO III

UNA OBLIGADA SEPARACIÓN

Dormirse y despertarse súbitamente no era algo normal, pero a mí, ese día, ya me había sucedido en dos ocasiones y de manera consecutiva.

No reconocí el lugar donde desperté porque un golpe recibido en mi cabeza junto a las pequeñas gotas de sangre que salían de mi ceja y recorrían mi cara pasando justo al lado del ojo, no me permitieron concentrarme.

Recordaba la balsa de bahareque y mis dos amigos volando junto a mí por los aires, producto de la fuerza de las aguas que nos movían rápidamente desde la cima de la montaña. De todo ello lo único que se mantuvo junto a mí fue la mochila con la que inicié el viaje.

Recordarlos aumentó mi angustia. No sabía dónde estaba y no sabía qué había sucedido con Mirshaya y Kuismei. Si estaban bien o si los siete murciélagos de la cueva marcaron un destino mortal para ellos.

Caminaba por impulso golpeándome con ramas y piedras por culpa de mis piernas temblorosas, mientras intentaba infructuosamente aclarar la mente con el sol acompañándome en la espalda.

Al cruzar por una pequeña quebrada encontré una rama lo suficientemente ancha para soportar mi peso. Era un bastón improvisado. Útil para mi tambaleante recorrido.

La quebrada también marcaba un posible camino. Si la seguía, pensé, podría encontrar algún pueblo con gente que me ayudara y sobre todo que socorriera a mis amigos. Por un momento la esperanza de conseguir auxilio me hizo palpitar más fuerte el corazón.

De manera inexplicable a lo lejos pude ver a mi pueblo Maseku y aunque era muy extraño que el recorrido avanzado en dos días lo hubiera realizado de vuelta en tan solo un instante gracias a una inesperada corriente de agua, avancé tan rápido como mi cuerpo maltrecho y mi bastón me lo permitieron. No sería una entrada triunfal y orgullosa por la labor cumplida. Me interesaba más buscar la ayuda que me permitiera hallar a mis amigos, así me costara aceptar el rotundo fracaso por regresar sin la promesa del amparo de nuestros dioses o sin la razón de su abandono.

Al entrar al pueblo fue evidente que algo no estaba en el lugar correcto. Caminaba en medio de las personas que ya conocía y que al parecer no me reconocían. Creo que ni siquiera me sentían. No volteaban a verme y seguían realizando sus actividades como si mi presencia no se pudiera advertir. Yo intentaba hablarles, aunque sentía la voz como amarrada a mi garganta. Tampoco podía tocar las cosas, porque cuando lo intentaba mis manos se acalambraban y quedaban inmóviles. Estaba allí y no estaba a la vez.

Solo se me ocurrió ir de inmediato al templo e intentar hablar con el naoma. Cuando entré pude verlo sentado en su hamaca y a mi abuelo Namyu parado junto a él. Hablaban y sus rostros acompañaban el diálogo con expresiones de angustia.

Un grito con la fuerza de un gran viento se escuchó desde afuera, quizás porque parecía provenir de todos los pobladores y no de una sola persona. Yo salí tan rápido como pude para descubrir por primera vez, cara a cara, la maligna presencia de los invasores. Muchos perros con ojos encendidos, del color de la sangre que derramaban, se arrojaban encima de la gente a destrozarlos con sus dientes, en tanto que los invasores entraban azotando a mujeres, hombres y niños desde sus poderosos animales de cuatro patas.

Con fuerza sostuve el bastón que mantenía en la mano para intentar defender a mi gente de la furia destructora de aquellas bestias; sin embargo, una vez más los calambres y una fuerza que parecía dominar mi cuerpo no me lo permitió.

Un sentimiento de impotencia me recorrió aún más intensamente cuando a unos pasos de distancia pude divisar a mi madre y su cuello en las fauces de uno de esos perros. Sobre eso no quisiera narrar más, porque mi corazón se siente adolorido. No hubiese querido cambiar el hermoso recuerdo que tuve en medio del baño ritual, por el que esta experiencia extraña me dejó de mi madre.

El desespero de no poder hacer nada me llevó a deshacerme del bastón y a subir, con dificultad, un árbol que se encontraba al lado del templo, para huir de los gritos de dolor y los rostros de zozobra que se mezclaban por todo el ambiente. Como niño pequeño me acurruqué en la rama más gruesa y tapé mis oídos. ¿Era acaso una ilusión o se trataba de un sueño? No podía haber visto a mi madre, porque ella murió cundo yo recién cumplí los nueve años.

Desde la rama del árbol vi a mi abuelo correr con un niño que protegía del ataque. El niño llevaba tapada su cabeza porque Namyu se la cubría con una manta.

—¿Por qué estás aquí Nakua?, este no es tu tiempo y ahora sé que el anterior tampoco, todo esto hace parte de tu pasado —dijo una voz que en un primer momento no supe precisar.

A mi lado se sentó, en una rama muy cercana, el naoma mientras me miraba con ojos desorbitados y pronunciaba palabras que me confundían aún más.

—Por primera vez, de verdad no sé qué pasará, pero los tres siguen siendo nuestra única esperanza —me dijo Sinnaca mientras descendía del árbol y me miraba como una aparición espiritual—, si no la nuestra, al menos serán la esperanza de alguien más.

Entendí que muchas noches y días me separaban de mi lugar en el tiempo. Podía verme de niño y recordar la muerte de mi madre a manos de los invasores. Ese día, a mis nueves años, la rabia me llevó a decidir que no quería seguir en el camino para convertirme en naoma. Sinnaca y mi abuelo aceptaron mi decisión sin tener un solo reparo.

Las reflexiones y pensamientos no pararon las sangrientas imágenes de ese momento. Desde el árbol veía como unos pocos manicatos intentaban defender el pueblo, pero uno a uno cayó gracias a las armas que sonaban como truenos.

Ver morir a mi gente dolió y estremeció cada pedazo de mi cuerpo, pero en medio de tanto hedor a sangre que no me dejaba ni respirar, noté, al frente de mi árbol, una perra herida por un dardo envenenado, que jadeaba aceleradamente. Supe que estaba preñada y mi instinto me llevó a bajar del árbol para auxiliarla. Cuando llegué ya la perra no se movía. Y dos cachorros a su lado tampoco. Aunque justo debajo de sus hermanos estaba un tercer cachorro que respiraba. Lo tomé en mis manos, extrañado porque de esa escena era lo único que pude tocar sin que se me acalambraran las manos, y subí de nuevo al árbol admirado por la vida que llevaba entre los dedos.

Mientras intentaba limpiar al recién nacido, el humo que dejaban las armas con truenos invadió todo a mi alrededor y no pude ver más allá de las ramas del árbol.

En un instante todo el ruido cesó y el humo poco a poco se fue desvaneciendo. La calma me dio la oportunidad y el valor de bajar definitivamente del árbol. Guardé el pequeño cachorro en mi mochila y observé de nuevo los alrededores.

El árbol ya no estaba en el pueblo. Era otro paraje. Un lugar diferente. Aunque al lado del árbol se mantenía la imagen de sangre. Se trataba del cuerpo sin vida de uno de los invasores. Una flecha le atravesaba la garganta y yacía sobre el suelo y de espaldas.

Toqué con mis manos al invasor como queriendo descubrir de dónde provenía tanta maldad y en ese recorrido advertí que traía consigo una mochila hecha con la piel de algún animal que no conocía. Era grande y pesada.

Al abrirla, entre muchas cosas extrañas, noté un artículo que llamó mi atención. Se trataba de una especie de collar con dos pedazos de madera cruzados. Ellos también hacen collares en honor a sus dioses, pensé. ¿Este monstruo tiene la protección de un dios?, le pregunté al viento, porque obviamente no había nadie allí para contestarme. Decidí entonces seguir cuestionando al viento. ¿Ese dios sí protege a su gente? ¿Es más poderoso que nuestros dioses, es más poderoso que Gauteovan? ¿Por qué a ellos los acompaña su dios y los nuestros nos han abandonado?

Terminado mi interrogatorio al viento, en un acto de rebeldía, al tiempo que de curiosidad, decidí tomar aquel collar y guardarlo en mi propia mochila con la intención de mostrarlo a Gauteovan cuando la encontrara y así cuestionar su poder frente al de este otro dios o de, inclusive, llamar a este dios para enfrentarlo yo mismo y reclamarle por toda la maldad que ha traído a mi tierra.

Cuando introducía el collar en mi mochila, busqué al pequeño recién nacido, pero al parecer se había salido mientras yo exploraba el cuerpo del invasor. Me sentí culpable por el descuido y aunque acababa de pelear con mi diosa, le rogué con una rápida señal de mis manos que resguardara al pequeño desvalido.

Ya marchándome escuché unos ladridos muy fuertes y ante mis ojos vi como el cachorrito ahora era un perro grande y vigoroso.

No era claro qué acción o magia le había permitido crecer a tal velocidad. No fue algo que me causara mayor desconcierto, porque tenía otras dudas más importantes que asaltaban mi mente. Además, el perro pareció conectado con otro ser. Le ladraba a una sombra que no pude definir y con la que luego se marchó.

Retomé mi camino, aunque no estaba muy seguro de cuál era realmente. Era claro que los dioses no querían o en el mejor de los casos, no podían ayudarnos.

A unos pocos pasos de avanzar sin tener claro el rumbo, me detuve. Entendí que mi nueva misión era encontrar las respuestas y luego la ayuda, no de los dioses, sino de los hombres. Debía emprender un viaje para tierras más adentro, de donde venían aquellos muiscas a los que había estafado mi amigo Kuismei. Ellos, por historias que había escuchado, conocían de guerras y batallas monumentales. La más impresionante de todas era la de un zipa y un zaque[6], como llamaban ellos a sus máximas autoridades, que se enfrentaron por tres horas reuniendo en un solo lugar a más de cien mil guerreros.

Me cuestionaba qué tan fácil sería emprender aquel camino siendo una persona tan joven e inexperta como ya lo había podido constatar al viajar a la cima de la sierra.

Solo tenía dos caminos posibles, creerme un sagaz aventurero que abriría su propio camino hacia las montañas del interior o intentar escuchar a las aves, como lo hacía el naoma, para que me marcaran el rumbo a seguir.

Confieso que en un principio opté por intentar hablar con las aves. Me posé en un pequeño árbol donde divisé el nido de una tangara y aunque procuré escuchar y entender a la madre y sus polluelos, inclusive traté de cantar como ellos, escena patética que al menos nadie vio, el resultado alcanzado solo fue el del reclamo de las crías con insoportables chillidos para llamar la atención de su madre, que a su vez me hacía miradas intimidantes y expandía su cuerpecito mostrándome incesantemente el verde y amarillo de sus plumas. No era más grande que mi mano, pero me produjo algo de miedo.

---

6   Zipa y zaque - Dentro de la confederación muisca el zaque era el gobernante del Zacazgo y el zipa era el gobernante del Zipazgo, al norte y al sur, respectivamente, del territorio muisca.

Definitivamente, el otro camino me correspondía tomar. Debía bajar del árbol y creerme un aventurero explorador. No existía otra manera.

Aunque mi virtud siempre ha sido observar y encontrar señales de todo en todo, no sería tan fácil descifrar cada cosa que vería y experimentaría.

Asomándose la noche, el camino pareció volverse más oscuro y pude divisar las lejanas montañas altas del interior que parecían un sendero marcado por las estrellas que brillaban sobre sus cúspides, como animándome con sus antorchas desde el cielo. Mi destino era el sur.

Luego de un día difícil, en el que ni amigos ni provisiones me acompañaban y cuando los ojos ya reclamaban descanso a tal punto que pensé que tendría que dormir sobre el suelo, me encontré recostado sobre un tronco bastante ancho de un árbol que, aunque seco y aparentemente muerto, rebosaba de vida en sus raíces con pequeños insectos que le caminaban.

El tronco pareció abrirse para mí y de manera casi inconcebible su interior proveía un espacio agradable y muy parecido al de un templo. No consideraba comprensible que un árbol se abriera y brindara hospedaje, pero el cansancio que sentía mi mente la hizo poco interesada en cuestionar la situación.

Sobre una mesa encontré maíz, y aunque extenuado, el hambre también me agobiaba. Con él preparé unas arepas que acompañé con una chicha guardada en una totuma que reposaba en la mesa. Miel y algunas frutas acompañaban este asombroso manjar.

Luego de comer el cansancio desapareció por un tiempo, permitiéndome recuperar algo de ánimo. Me arrodillé y en un telar que se encontraba en un extremo empecé a tejer una hamaca y una nueva mochila tal como me lo había enseñado Sinnaca cada vez que iba al templo con mi abuelo.

Aún de noche y viendo terminado mi trabajo en el telar, vencido de nuevo por el sueño, colgué la hamaca y me acosté a dormir.

En la mañana y con los primeros rayos del sol las fuerzas estaban renovadas completamente. Descolgué la hamaca, la envolví y la guardé en la nueva mochila de algodón junto a las otras cosas que cargaba en la vieja y algunas provisiones de comida que aun proveía el árbol: maíz y chicha se podían divisar en un rápido vistazo a la mochila.

No sé quién había dejado tal regalo o si los dioses empezaban a protegerme, pero ahora podía proseguir mi camino y ya sabía, gracias a las antorchas de la noche anterior, hacia dónde dirigirme.

En los primeros tramos del viaje me acompañó la sierra nevada, que a mi espalda me observaba. Poco a poco desapareció tras de mí al tiempo que yo me internaba en las tierras del sur.

Recuerdo que un ave, desconocida para mí, golpeó con sus plumas amarillas y azules mi rostro al volar justo a mi lado con un afán desesperado. Salía a buscar respuestas como yo o tal vez solo escapaba como muchos otros de mi pueblo.

Era la primera vez que me alejaba tanto de mi tierra y de mi gente. Ya cuando apenas se veían los cabellos blancos de la sierra paré un momento y mirándola con los ojos aguados le hablé a Gauteovan, la madre de todas las cosas. Le imploré me acompañara en esta travesía y le pedí que se manifestara de alguna manera.

Observar la sierra en un último vistazo me dio confianza para proseguir a pesar de que aún estaba decepcionado de que no intervinieran nuestros dioses para evitar que esos hombres malos venidos de otro mundo nos dañaran. No podía entender cómo en otros relatos que escuchaba desde niño, los que no cumplían la ley de la madre eran castigados y recibían el consejo de un naoma para corregir su mal comportamiento, y estos invasores ni recibían castigo ni eran aconsejados para que dejaran de hacer tanto mal.

Ya sobre los límites del territorio de mi gente y apunto de cruzar un pequeño riachuelo lo vi de nuevo. ¿Cómo sé que era el mismo? Fácil, sus ojos como bolas negras. A los diez años ya lo había visto cuando salí con Kuismei en la misión que mi abuelo Namyu nos impuso.

Esta vez no estaba tan cerca, aunque era obvio que me vigilaba. No tenía tanto conocimiento como el naoma para entender lo que sucedía, por qué me observaba, escapaba a mi comprensión.

No sentí que me fuera a atacar, más bien sentí algo familiar. Algo en él me atraía, aunque también sabía que no estaba allí por una razón loable.

Como yo, el jaguar miró hacia atrás, observó la punta de la sierra que se veía a lo lejos y luego, de un salto, cruzó el riachuelo antes que yo y se ocultó como solía hacerlo para que nadie supiera de él teniendo la libertad completa en sus acciones.

Aquel animal de ojos como piedras negras escapaba de la sierra. Salía como dispuesto a cumplir una promesa. No sé si era abuelo, hijo o nieto, pero tenía la intención de destruirlo todo.

Cuando me miró, lo entendí. Me advirtió que nada podría hacer para detener el fin de todo. Si él salía de la sierra, era para hacer su parte, lo que le correspondía. ¿Por qué Sinnaca o Namyu no vieron venir el fin? ¿Acaso el mundo colapsa ya o alguien quiere que los cuatro hombres que sostienen el mundo caigan antes de tiempo? Con esas preguntas crucé caminando el límite entre mi mundo y el camino desconocido hacia una nueva vida.

CAPÍTULO IV

PENUMBRA EN LA CIÉNAGA

La faena iniciaba calurosa y pesada. Prueba de ello era el sudor que intentaba escapar por los poros de mi piel a pesar de que ya estaba acostumbrado a toda clase de climas, desde el calor opacado por la refrescante brisa del mar hasta el frío que acalambra y que te paraliza en los picos nevados.

Yo no conocía la ciénaga. Un mundo nuevo empezaba a mostrarse frente a mis ojos y yo no iba a perder la oportunidad de explorarlo. Ya todos saben que me encanta descubrir cosas nuevas.

Comencé por acercarme a la orilla para ver, luego tocar y por último me atreví a probar el agua. Era extraña e imposible de tragar. No era como la del mar, sin embargo, tampoco se podía beber. Era una nueva forma en la que se manifestaba Gauteovan. Una especie de puerta que comunicaba dos mundos.

Seguramente había tomado el sendero correcto, pensé, porque conocer a mis dioses de una forma diferente me permitirá acercarme a ellos de maneras también diferentes. Llegaría a ellos y les pediría su protección para nuestro pueblo.

Entrar al agua fue lo segundo que hice. Si no podía beber al menos me podía refrescar, con ese argumento me sumergí en el agua.

Ya en su interior me sentí aliviado del calor. Podía ver las raíces de los árboles que parecían convertidas en dedos que se extendían sin miedo fuera del agua para al final aferrarse fuertemente al suelo reclamando para sí todo este territorio. Sumergirse allí era como nadar en un bosque imaginado en sueños.

En el fondo se veían raíces como ramas, unas muy juntas a las otras, que se asomaban a la superficie y daban la sensación de ver un árbol boca abajo con tallos convertidos en raíces que se intentan anclar al cielo.

Tras varios chapuzones salí de nuevo a la orilla, emocionado aún por la nueva experiencia, pero con la preocupación naciente de saber cómo cruzar toda la ciénaga que parecía tan grande, a tal punto de no poderse observar bien el otro costado.

Cuestionaba mis capacidades como nadador cuando fui interrumpido por una serie de aullidos que se escuchaban a lo lejos y que poco a poco se sintieron más cercanos. A la distancia se podían observar al menos ocho monos de color rojo que se zarandeaban entre los árboles alejados del agua. Pensé que venían a atacarme así que me coloqué en posición defensiva preparando una batalla nunca antes vista entre un hombre y ocho monos rojos.

La postura de guerrero se suavizó cuando siete de los monos se detuvieron y solo uno continuó avanzando. Curioso me miró por todos lados y yo le respondí de la misma manera hasta que me detuvo el observar en él una máscara que cubría casi todo su rostro. Fue claro, en aquel punto, que si usaba una máscara de mono no era cualquier persona. Era un naoma o tenía la fuerza y el coraje de uno de ellos. De cualquier forma, yo debía conocer sus intenciones.

—¿Qué quieres mono rojo? —le dije con cierta imponencia para que supiera que no hablaba con un don nadie.

—Si pretendes atravesar la ciénaga nadando eres un estúpido —me contestó.

La respuesta parecía agresiva. Una espacie de ataque que, al pensarla, era cierta. Mis habilidades como nadador no daban para intentar tal cruce.

—Y tú, mono, que te crees tan inteligente, qué solución propones —indiqué.

En ese momento los otros siete monos se acercaron y trajeron consigo un pequeño cayuco. El mono que ya hablaba conmigo, explicó que era de un hombre, que para ese entonces ya estaría cruzando por alguno de los nueve poblados que deben atravesar los difuntos y que había tenido que abandonar la embarcación porque esta no le servía para surcar los tres grandes ríos que tiene ese camino hasta la madre de todo.

Presuroso no le dejé terminar la historia al mono y pretendí impulsar el cayuco hacia el agua. Una vez más el hombre de la máscara de mono me llamó estúpido.

Dos veces insultado ya parecía ser el límite de mi resistencia. No podía al menos pronunciar una palabra menos agresiva.

—Tonto el que cree que lo sabe todo y no aprende nada nuevo, yo quiero aprender porque sé que me falta mucho por conocer —le repuse con fuerza.

El mono, confundido por mis palabras, no pudo responderme, pues como es sabido los monos son hábiles para hacer algunas cosas, pero muy tontos para entender las consecuencias de sus actos y razonar sobre las cosas profundas de la vida. Lo sé por una historia que me contó Mirshaya, mientras sentados observábamos el mar como lo hacíamos a menudo desde que teníamos cinco años, ella me narró que en un viaje con su padre, el cacique, un mono le arrebató del suelo una mochila cuando logró distraerla con piedritas que lanzaba a una laguna. Ella que no sabía la procedencia de las piedritas intentó identificar de dónde venían, mientras el mono astuto se deslizó por el suelo suavemente para arrebatarle la mochila. Mirshaya tuvo que resignarse a ver como desde las ramas altas de un árbol, el mono cogía, observaba y tiraba las cosas que no le interesaban. Al final se hizo con varias arepas de maíz que estaban guardadas en el fondo. Por su afán de llevárselas todas, las embutió al mismo tiempo en su boca y se empezó a asfixiar el tonto mono. Cayó del árbol y solo con la ayuda de Mirshaya, que lo auxilió, pudo liberar su boca y volver a respirar.

Recordar lo contado por Mirshaya y relacionarlo con ese momento me hizo sonreír y bajar mi estado de exaltación.

Con más calma le pregunté al mono por qué no podía usar ese cayuco. El mono rojo me explicó que sobre las aguas del manglar solo pueden flotar cayucos pintados de rojo y amarillo. De cualquier otro color o si no tienen ninguno, sea la embarcación que sea, se hunde sin remedio.

Viéndome perdido y sin tener ninguna idea de qué hacer, los monos me ofrecieron su ayuda no tan desinteresada. Eran monos y no lo harían solo porque les diera las gracias. Propuse un trueque. Ayudarían a pintar y cada uno recibiría una arepa de maíz de las que traía en mi mochila. No demoraron en aceptar cada uno de los ocho, así que la tarea de pintar el cayuco solo demoró medio día mientras unos monos traían plantas de las que extraían tintas de color rojo y amarillo, al tiempo que los otros pintaban con sus propias manos. Unos y otros dejaban ver las ansias de recibir su recompensa mientras trabajaban.

Cuando todo estuvo terminado el mono que me había tratado como estúpido y que al parecer era el jefe de la manada, impidió que le diera a cada uno su respectiva arepa. Pidió todas asegurando que él sabría cómo repartirlas. Al ver que los otros monos no increparon le di todas las arepas a uno solo.

Contento con el cayuco restaurado me dispuse a continuar el viaje por la ciénaga. A medida que me alejaba podía observar al mono engullir todas las arepas para él solo, mientras los demás lo veían resignados. En un momento me había alejado tanto de la orilla que ya no podía ver nada. En esta ocasión, tal vez no habría nadie para ayudar al mono rojo si se atragantaba. Ese era su problema.

Remé lentamente, disfrutando de la ciénaga. Sobre mí aleteaban garzas que se formaban unas al lado de las otras arando el cielo con sus alas. Eran hermosas y se formaban como una sola gran ave. Intenté ver en su formación y dirección un mensaje de los dioses, pero no era naoma y no podía interpretar su vuelo y mucho menos entendía lo que querían decir.

La incapacidad para hablar con las criaturas que vuelan pronto acabaría. Las garzas no me dijeron nada, sin embargo, a la esquina del cayuco llegó un gavilán que me tomó desprevenido.

Sus plumas grises, negras y cafés parecían talladas en piedra. Con una pata se sostenía sobre la embarcación mientras que con la otra tomaba de su pico un caracol. Me miraba y mientras lo hacía rompía con el pico la concha. El caracol retraído intentaba protegerse, pero el pico entró a lo más profundo y lo devoró sin compasión. Lanzó la concha rota a mis pies y continúo parado sin decir nada.

En ese punto aún no hablaba con el ave, aunque ya sentía que entre los dos debía darse una conversación importante. La última vez que había tenido esa sensación fue cuando abrazaba a Mirshaya para protegerla del frío, en el instante en el que Kuismei, con su pequeña triquiñuela, logró que durmiéramos juntos. Tenía tanto para decirle en ese momento y aunque ella me daba la espalda mientras la abrazaba sé que también quería hablarme. En esa ciénaga la extrañé muchísimo y estaba seguro que debíamos reencontrarnos pronto, porque los dioses complacidos cuidarían nuestra unión siendo el tigre y el venado animales que deben estar juntos como cazador y presa.

A mitad de la ciénaga el ave pronunció palabras y de alguna manera las pude entender. No recibí consejos sino presagios. El gavilán aseguró que el hambre exagerada siempre enloquecía a todas las criaturas y el hambre desaforada marcaría el fin de los tiempos.

—Los tres guardines también pueden ser tentados por el hambre cambiando su misión de buscar el equilibrio por la de participar en el desorden —dijo el gavilán.

Me parecieron un poco exageradas sus palabras, primero porque yo tenía una mochila de donde no acababan las arepas de maíz y la bebida. Aunque no lo he narrado, desde que llené la mochila en el interior del árbol, esta parece no desocuparse. Siempre hay arepas y chicha. Además, yo no era tan importante como para participar del fin del mundo. Era la primera vez que hablaba con un ave y supuse que no había interpretado muy bien su mensaje.

El gavilán no dijo nada más. Voló y rápidamente lo perdí de vista. Pensé que ya todo había concluido con el gavilán, no obstante, el sonido de muchos aleteos en el aire me hizo voltear y ver una nube de ellos que atacaban mi cayuco. Picoteaban directo sobre las zonas donde los monos pintaron de rojo y amarillo. Poco a poco fueron logrando borrar las franjas de los dos colores.

Volaban astillas de madera por el aire. Era claro, sin colores el cayuco se hundiría. Intenté alejarlos con el remo sin conseguir ningún resultado.

El cayuco pronto se vio sumergido en el interior de la ciénaga, mientras yo luchaba con el agua para que no me tragara.

Aproveché que un manatí guiaba a su cría para enseñarle a alimentarse con las mejores plantas de buchones, le tomé del lomo y dejé que me llevara hasta lo más cerca que nadó a la orilla.

Los buchones representaron un obstáculo que impedía contantemente alcanzar la meta de llegar a tierra firme. Luché con brazos y piernas para ganarle tanto a la pesadez de la mochila sumergida en el agua como a estas plantas que se extendían por largas distancias.

Ya en la orilla el cansancio y la rabia con las aves dañaron mi buen ánimo. Caminé con rabia mirando solo al suelo. No disfruté de la vista. Solo fantaseaba sobre cómo destripar las aves que me habían atacado y dejado en tan mala condición.

Ahora que lo pienso, fue la primera vez en toda mi vida que dejaba que la ira se apoderara de mi mente.

Para la noche, la furia no había pasado y el verme tirado en el piso, a falta de árboles adecuados que pudieran sujetar la hamaca, el sentirme aún mojado y con ganas de comer algo más que las interminables arepas de maíz sacadas de la mochila, no ayudaba a mejorar mi ánimo.

Esa noche la luna se dejó cubrir de nubes y decidió no alumbrar mucho sujetando a la tierra a la casi total penumbra.

Tuve dificultad para dejarme llevar por el sueño. El suelo incómodo y unos gruñidos incesantes no me dejaban descansar.

En un momento de la noche, aún sin dejarme alcanzar por el sueño, aproveché que la luna se asomó plenamente y permitió alumbrar las aguas de la ciénaga. Me levanté del suelo y caminé hacia la orilla atraído por una sensación extraña en mi boca. Una especie de cosquilleo y dolor tenue que solo sentí cuando mis dientes de chiquillo se cayeron, a los siete años, para darle paso a los que lo acompañan a uno el resto de su vida.

Me acerqué a las aguas de la ciénaga y el reflejo mostró mi rostro y aunque no era aterrador, porque no soy tan feo, según palabras de Mirshaya, un colmillo de jaguar se dejaba ver dentro de mi boca. Tomé con mis manos mi rostro como negando lo que había visto.

Cuando intenté comprobar la imagen reflejada fue imposible. La luna ya no regaló más su luz y se escondió definitivamente tras una gran nube negra.

Arrastrándome volví al suelo incómodo porque la oscuridad era total, y solo unos chasquidos de picos comiendo insectos eran perceptibles a mi oído.

La misma furia que traía desde la tarde me acompañaba aún y parecía aumentar con cada desagradable situación. No quería permitir ni una sola incomodidad más y el sonido de estos chasquidos llevó más allá del límite mi paciencia. Me lancé sobre el árbol del que provenían los irritantes sonidos de picos alimentándose y de rama en rama ataqué ferozmente a lo que, sabía yo, eran aves nocturnas que solo se alimentaban.

Como felino experimentado subía cada rama de aquel árbol y en cada arremetida contra las aves, sus plumas, que brillaban en la oscuridad, se desprendían y rodaban por todo el árbol alcanzando a tocar mi piel en su caída.

Con el primer rayo de luz, la escena, ahora visible, mostró lo grotesco de la situación. Siete cuerpos de aves tirados sobre el piso como tapetes de muerte develaban la intensidad de mi furia aquella noche.

Solo pude observar un instante. Me parecía repulsivo todo lo que veía y comencé a correr escapando de la culpa. Pero la culpa corrió justo a mi lado sin pretender desprenderse.

Mientras avanzaba bordeando la ciénaga, aun queriendo escapar, me tocaba el interior de la boca buscando el colmillo que pude observar en el reflejo de la noche anterior, para descubrir si aún estaba en mí ese animal que me impulsó a matar.

Cuando paré de correr porque el aliento me faltaba, no quise detenerme, así que caminé, y cuando el cansancio venció a los músculos de mis piernas, gateé porque aún no quería parar. La prioridad fue escapar de la escena macabra y para ello no bastaba con alejarse. Debía desgastar el cuerpo y la mente para olvidarlo todo. No era justo que yo, que buscaba un bien para todos, tuviera que cargar con el peso de la culpa.

Quería desvanecerme hasta que nada ni nadie pudiera verme, aunque parecía que todos los seres de la ciénaga observaran cada movimiento que yo hacía. Sobre todo, la babilla que caminó y nadó muy cerca desde que me eché a correr.

Esos ojos me juzgaban más que cualquiera. La babilla, que parecía bañada en oro, mientras avanzaba no dejaba de observarme. Seguramente me vigiló toda la noche y con sus ojos que alumbran grabó en su mente todo lo que yo había hecho.

Cuando estaba inmóvil por el cansancio y alejado un poco más de la orilla, el animal se arrastró por el suelo y se posó frente a mí mientras masticaba a su presa.

Supe que era una hembra porque con cierta calma abrió un hueco y expulsó como treinta huevos. Era nueva vida para este mundo, tal vez compensando las aves muertas por mi mano. La ley de la madre equilibrando mis perversos actos.

Luego de que colocó sus huevos levantó la cabeza como señalando el camino que yo debía seguir. Me sentí un poco aliviado de la culpa y cuando me dispuse a pararme para retomar mi viaje, la babilla se giró rápidamente y con su cola me dio un latigazo en el rostro que me envió a un sueño profundo todo el resto de la mañana.

CAPÍTULO V

TRES HERMANAS QUE SE ABRAZAN

En la tarde mi trayecto prosiguió de manera más tranquila. Superada las aterradoras actuaciones en el árbol de la ciénaga pude disponerme a contemplar los paisajes que me regalaba el viaje.

Inicié el ascenso a montañas desconocidas pero hermosas. Era como ingresar a un mundo nuevo con animales y plantas que desconocía por completo.

Una de las cosas que más recuerdo era como una catarata se colgaba entre las piedras decorando el horizonte y marcando una estrecha entrada hacia partes más altas de la montaña.

La tentación por tocar sus aguas era inmensa. Me senté sobre la piedra lisa que sobresalía justo debajo del torrente de agua. Miles de gotas empezaron a golpear suavemente mi espalda y con el paso de algún tiempo el golpeteo se hizo más fuerte. Una sensación, algo similar, a cuando Mirshaya me tocó la espalda la noche anterior a nuestra iniciación.

Nos encontrábamos solos como resultado del plan en el que los dos escapábamos por un momento de nuestras chozas. Caminamos hasta los límites del pueblo suplicando que los ojos sagaces del naoma no nos advirtiesen.

Como chiquillos sonreímos para luego sentarnos a la orilla de un precipicio. A Mirshaya le encantaba sentarse, desde muy pequeña, en puntos elevados a observar todo el horizonte que alcanzara a divisar. Era su manera de comunicarse con el mundo y con los dioses. Yo que cumplía todos sus pequeños caprichos acepté sentarme en aquella orilla.

Ella observaba el firmamento mientras yo la contemplaba. El cielo pareció encendido con el fuego del deseo. Su piel me invitaba a tocarla. Pienso que ella vio y sintió lo mismo porque empezó a deslizar sus dedos por mi espalda acariciando cada rincón que encontraba. Primero muy suave, pero poco a poco con mayor fuerza. Sus yemas me quemaban mientras sus piernas se rozaban entre sí. Sentí que debía tomarla para mí. La alejé con un empujón del risco y me abalancé sobre ella. Ese calor que sentíamos nos envolvió como en una brasa sin control.

El agua de la catarata no me tocaba como Mirshaya, sin embargo, su fuerza me recordaba sus caricias en la espalda. La extrañé. No sabía qué había sido de ella ni de Kuismei. Pensé que a la fuerza que nos había separado tendría que vencerla para volverlos a ver. Así que al tiempo de recuerdos le di fin. Me retiré de la cascada y entré por el estrecho sendero que, rodeado del verde de las plantas, parecía un inmenso tapete creado por el mismo Peico, el dios que nos enseñó a tejer.

Ingresé extendiendo los brazos mientras mis manos alcanzaban a tocar las hojas frescas de toda esa vegetación de una pared a la otra.

El pasadizo se extendía un poco y desembocaba en una pequeña laguna. A su alrededor pude observar aves que se paseaban entre los árboles cercanos, compartiendo el espacio con monos expectantes y ardillas muy trabajadoras. También había una familia de jaguares que se bañaban en sus aguas jugueteando unos con otros, además de pacaranas tomando semillas del suelo y comiéndolas sentadas en una posición un poco graciosa. Me recordaban a mi abuelo Namyu cuando comía guanábana emocionado luego de la cosecha, sentado debajo de un árbol resguardado por su sombra.

En un principio, toda la vida que allí habitaba pareció advertirme, incluso las plantas parecían dirigir sus hojas hacia mí, pero al momento prosiguieron con sus actividades sin darme la menor importancia. Era uno más de ellos y no representaba ningún peligro que rompiera con el equilibrio que siempre había reinado en la naturaleza.

Superada la pequeña laguna iniciaba un bosque muy verde. Se podía escuchar claramente y con fuerza el torrente de agua correr por varias cuencas.

La bienvenida al bosque la daban miles de mariposas pequeñas que revoloteaban por todas partes. Era como ver los colores del mundo bailando sobre el aire. Parecía una danza ritual y tal vez lo era porque al poco tiempo comenzó a llover. Aprendí en ese momento que no solo los naomas podían llamar a la lluvia.

Con el agua mi ropa se hizo pesada y difícil de llevar. Decidí entonces reposar debajo de unas piedras que me cubrían de la lluvia. La espera no fue muy larga y llegó a ser entretenida al disfrutar del revoloteo de unas diminutas aves negras que se alimentaban de las flores del lugar, mientras se resguardaban del agua en una saliente de piedra. Me atraían sus alas que se movían tan rápido que parecían quedarse quietas y sus movimientos rápidos y precisos al desplazarse entre flor y flor.

Definitivamente eran aves especiales. Pequeñas. Tan hábiles, como ninguna que yo hubiera visto antes.

Me vi reflejado en estos animales. Yo no era el más grande de mi pueblo, lo cual en algún momento me trajo burlas de los otros niños, pero con mi insaciable curiosidad logré destacar entre todos los demás.

Pasada la lluvia retomé nuevamente el camino distraído un poco por una serpiente que me seguía luego de descender de un árbol del que al principio se aferraba. Era de tamaño mediano, casi toda negra y con manchas amarillas y rojas. Serpenteaba a mi lado. Paraba cuando yo paraba. Si bebía agua, parecía que ella hacía lo mismo. Si yo comía alguna fruta, ella se tragaba un insecto.

Lo extraño es que me permitía abandonar la sensación de soledad. Este animal me hacía sentir acompañado en un camino en el que ya no estaban mis amigos, ni había un abuelo o un naoma que me orientara y me diera consejo.

Hubo un momento, cuando los dedos de mis pies se empezaron a dormir un poco, que la nueva compañera de viaje se detuvo. Era obvio que no podía continuar a mi lado o moriría paralizada por el frío. La acaricié con mi dedo suavemente para no dañarla. Se deslizó dando vueltas en círculo sobre la misma piedra como dándome a entender que más adelante, en otra parte de mi camino, volvería a acompañarme.

Seguí subiendo y mi nueva compañera fue la fría niebla. Era más y más espesa a cada paso a tal punto que no me permitía ver ni mis propias manos. Ahora no solo tenía que soportar el frío, sino también la desorientación. ¿Cómo ver?, si parecía encerrado en un templo blanco.

A cada nuevo paso me estrellaba con algo. Una piedra y un golpe en mi canilla. Una rama y un arañazo en mi cara. Parecía que me golpeaba con todo y empezaba a calentarme a punta de golpes y moretones, así ni los viera.

Me desesperé con la golpiza que recibía, o mejor, que yo mismo me estaba infringiendo, así que al rozar mi cara con el tronco de un árbol decidí intentar subir a este para superar a la niebla. Fui afortunado porque el árbol que escalé resultó ser lo suficientemente alto para no dejarse alcanzar por el velo blanco. Desde su copa podía observarlo todo. La vista fue mucho más agradable y por fin, la niebla tuvo un sentido que ni en la sierra me había interesado entender. Transportaba en su interior gotas de agua. Parecía que muchas manos blancas las llevaran en sus palmas para regarlas, de a poco, sobre las hojas de los árboles. Una lluvia diferente a la tradicional. No venía del cielo, sino que viajaba llevada lentamente por el viento.

Luego de este aprendizaje me reincorporé a mi intento por ubicarme. Pude divisar una parte, más o menos cercana, del bosque donde no había tanta niebla. Entonces bajé del árbol, avancé hacia el claro aún golpeándome con ramas y piedras hasta que la prueba estuvo superada y yo en un lugar que ya se podía admirar.

Ahora que lograba verlo todo crecía mi asombro. En este lugar las plantas, que eran muchas y diferentes, compartían su espacio unas al lado o inclusive sobre otras. Aprendían a convivir juntas beneficiándose todas. Antes no había sol. Seguramente desde que las plantas lo descubrieron y lo necesitaron, se ayudaron entre sí para alcanzarlo.

El verde o el blanco ya no fueron los únicos colores. Como una manta tejida por alguno de los hijos de Gauteovan, llena de puntos de colores intensos y diferentes, las flores que colgaban de los árboles adornaban el paisaje sin importar si miraban hacia el sur, norte, oriente u occidente.

Lo de las plantas y sus flores fue interesante; sin embargo, un animal nuevo apareció robando mi atención. Sabía por relatos de otros pobladores que era un oso. La descripción que ellos hicieron, a la luz de una fogata, coincidía con lo que ahora miraban mis ojos.

El animal caminaba entre los árboles sin advertir mi presencia o era otro que no le daba mayor importancia. Miraba de un lado para el otro buscando entre los árboles lo que satisficiera su hambre.

Lo seguí con la mirada mientras subía a algunos árboles no muy altos, pero en todos ellos parecía no encontrar lo que buscaba.

Hubo un instante en el que cruzó justo a mi lado. Me paralicé por completo, pues no conocía el tipo de alimentos que le gustaba a este animal. No sabía si la jugosa y fresca carne de un habitante de la sierra le parecería un buen manjar. Y aunque no era muy grande, en un enfrentamiento seguramente perdería yo.

—No te voy a comer muchacho loco —dijo finalmente el oso, mientras pasaba a otro árbol.

Allí pareció encontrar lo que buscaba con tantas ansias. Empujó con sus patas un grupo de hojas hasta que logró derribarlas. Ya en el suelo tomó una flor blanca y larga, y empezó a masticarla con la misma satisfacción que tendría un niño de mi aldea al comer una rica fruta en medio del verano, aunque la mejor comparación, como ya lo dije, sería la de mi abuelo comiendo guanábana.

—Sé de tu viaje —me decía el oso al tiempo que masticaba su flor.

De alguna manera el oso conocía el origen de mi viaje y al parecer el destino que me aguardaba.

—Pronto encontrarás el camino que podría abrir tus ojos —prosiguió el oso.

Cada palabra parecía parte del discurso de un naoma que hablaba del futuro y daba consejo. Tres cosas me impresionaron de lo dicho por el oso: que mi experiencia me mostraría toda la furia y descontrol que guardan los tres jaguares, que junto a un árbol y acompañado por cientos de bestias que se destrozarán entre sí, mis ojos verían un comienzo o un final como muchos otros que ya habían existido, y por último, me habló de la serpiente que me acompañó parte del trayecto.

—La tentación de su presencia se hará más grande y juntos decidirán si juntar sus cuerpos será destrucción o construcción para sus almas —dijo el oso.

No sabía cómo podía juntar mi cuerpo con el de una serpiente, si mi cuerpo solo sentía agrado por el roce con el de Mirshaya.

Como si no se le diera nada al hablar de cosas tan trascendentales, terminó de comer su flor y continuó subiéndose a otros árboles buscando, seguramente, más alimento. Le hablé, le hice preguntas, pero el oso ya no quiso contestar y como en un principio, parecía que no advertía mi presencia o simplemente quería ignorarme.

Entonces fui yo quien empezó a mirar los árboles para buscar dos buenos robles que dieran la medida perfecta para amarrar la hamaca.

Intenté prender fuego, mas todo estaba empapado de agua. Saqué de mi mochila arepas de maíz para comer y un poco de chicha que aliviara mi sed y el frío que aún sentía.

Me envolví en la hamaca intentando resguardarme de la penumbra y el frío, y me dispuse a meditar las palabras del oso. Debo confesar que me inquietaban.

Los intentos de reflexiones me llevaron parte de la noche. Tres jaguares, un árbol y una serpiente fueron suficientes para desvelarme casi toda la noche, ayudados, además, por el ulular de los búhos que como reyes de la noche se imponían sobre cualquier otro sonido.

Ya bien avanzada la noche por fin concilié el sueño dejando en reposo el cuerpo y el alma para que el descanso nocturno intentara reparar lo maltrecho que hasta ahora me dejaba el viaje.

En la mañana el sol anunció su presencia y todos los animales, incluido yo, respondimos a su llamado. Me levanté, descolgué y guardé mi hamaca, busqué para comer algo diferente a lo que me ofrecía la mochila y retomé el sendero, que según el oso parecía ya marcado, o al menos algunos de sus tramos.

Bajé y subí estas tierras que se abrazaban como personas muy cercanas. Como entretejidas por Peico. Y allí en el cielo vi como seres volaban custodiando este hermoso tejido de montañas. Eran grandes guerreros en el aire que asomaban su cabeza sin plumas. Casi todo su cuerpo se teñía de negro, excepto el cuello y alas en las que resaltaban las plumas de color blanco que brillaban con el reflejo de cada rayo del sol que atravesaba el mismo cielo.

En cierto punto pude ver como varias de estas aves se reunieron volando en círculos. Parecía que desde esa altura vigilaban cada rincón de las montañas y advertían a cualquier forastero que deambulara sin su permiso. Me sentí observado.

Como si las aves supieran que en el hombre no se puede confiar, porque siempre guarda sus verdaderas intenciones. Eso siempre comentaba Sinnaca y ahora entendía que seguramente a alguna ave se lo habría dicho gracias a la habilidad que tenía de hablar con todas ellas.

Ese evento marcó mi llegada a una población de hombres que no conocía. Una de las aves bajó y voló justo a mi lado.

—Ahora tienes el permiso para transitar sobre las tres hermanas que nosotros custodiamos —dijo luego de cruzar volando cerca de mi oreja.

Al verme entrar a su poblado se asustaron hombres, mujeres y niños, tal vez porque pensaron que yo venía, de manera traicionera, abriéndoles camino a los invasores blancos, pero al ver que solo una mochila me acompañaba se calmaron y continuaron con sus labores.

De una choza salió una mujer llena de adornos propios de un cacique. Cuando quiso hablarme no entendí su lengua, lo que dificultó que pudiéramos comunicarnos.

Comprobé que era una cacica porque los pobladores la miraban y reverenciaban con mucho respeto. A decir verdad, era una mujer imponente y muy bella a pesar de ya haber vivido varios años.

Me llevó a su lado y observó el cielo conmigo. Aún revoloteaban las aves grandes sin plumas en la cabeza. Ella sonreía al verlas y develar, seguramente, un mensaje como lo hacía el naoma. Y yo fui mencionado en él, porque luego recibí su saludo acompañado de más sonrisas que parecían dar su consentimiento a mi presencia en estas montañas.

Continuamos caminando. Ella quiso que viera el dolor de su pueblo. Me mostró niños enfermos por una maldición. Tenían todo su cuerpo lleno de manchas rojas y ardían en fiebre.

Ver las manchas trajo consigo la imagen de un jaguar y recordé la leyenda que hablaba del regreso de los tres jaguares para acabar con todos los hombres. De alguna manera parecía una manifestación de esta profecía. Seguramente los jaguares tenían que ver con el mal que caía sobre esta gente.

Intenté hacerme entender y explicarle la historia de los tres jaguares a la cacica. Utilicé dibujos en el suelo y señas en el aire. El relato avanzaba, pero la cacica me detuvo la mano y me mostró con las suyas que los artífices de los males de su pueblo eran los invasores venidos de otro mundo. Para ese punto empezaba a creer que los invasores y los tres jaguares se relacionaban.

Le intenté preguntar por las tres hermanas mencionadas por el ave a mi llegada. Dibujé en el suelo tres niñas, juntas como una familia, y ella las borró dibujando en su lugar tres montañas y a sus aves protectoras sin plumas en la cabeza volando sobre ellas.

La cacica se levantó del suelo y entró a su choza al tiempo que varias mujeres y hombres se acercaron a atenderme. Me llevaron a una quebrada a bañarme y me dieron comida que nunca antes había probado. Lo del baño me pareció innecesario porque la lluvia ya se había encargado varias veces de lavar todo mi cuerpo; sin embargo, tuve que aceptar sus costumbres y no atentar contra sus creencias como forma de respeto que ya mi abuelo me había enseñado desde niño.

Cuando parecí más presentable me llevaron de nuevo con la cacica. En un nuevo intento por comunicarse realizó un dibujo sobre el suelo explicándome que a su marido, el cacique, lo habían capturado invasores y que ahora todo el peso de la lucha por la supervivencia de su gente recaía en ella.

Yo que lo tomaba como un relato en medio de una reunión, me vi sorprendido cuando, acto seguido, la cacica me haló a su lado y junto a un grupo de sus guerreros emprendimos un pequeño viaje. Era seguro que íbamos a la batalla y que por ningún motivo ella dejaría abandonado a su suerte al cacique. No tuve ni tiempo de reaccionar y me vi involucrado en su misión de inmediato.

Encontrándonos ya a las afuera del poblado y ante la orden de la cacica todos subimos a un árbol. Cada uno se posó sobre una de sus ramas, como esperando emprender un viaje. En silencio esperamos una señal para atacar. Yo más bien esperaba la señal para resguardarme. No estaba preparado para una batalla. No tenía una macana y aunque podía solicitar una aún no reunía el valor para usarla.

La niebla se posó sobre la tierra y nos resguardó de los enemigos. Desde el árbol se podían escuchar pisadas de aquellos animales que los invasores llamaban caballos. Ya había escuchado de ellos por relatos de mi abuelo.

Cuando la niebla empezó a disiparse y la lluvia hizo su entrada, el bosque entero fue visible develando a más de setecientos hombres invasores que traían consigo sus armas y su maldad. Se formaba una larga fila de seres siniestros y justo al final una sombra amarilla los acompañaba. Era un jaguar con los ojos de piedras negras muy parecido al que salió conmigo de la sierra. Viejo y sagaz como un abuelo.

Un hombre, delante de toda esta estampida, corría en puntas de pies con la fuerza de un animal. Impresionaba ver lo lastimado que estaba, sobre todo sus pies que parecían destrozados por fauces insaciables. La cacica y sus guerreros bajaron del árbol, presurosos a darle auxilio al hombre. Era evidente que lo conocía. Lo acarició y cacique y cacica juntos avanzaron. La alegría fue evidente en el grupo. Habían encontrado a su cacique que, seguramente ayudado por sus dioses, había logrado escapar de los invasores.

La peor pesadilla que te hace experimentar la guerra es que te obliga a renunciar al disfrute de la vida. No podían continuar los abrazos ni los bailes de alegría. Los invasores dieron alcance al grupo y nació allí una nueva batalla.

De los árboles bajaron aún más guerreros de la cacica, que no sabía que viajaban con nosotros. Caían a la espalda de los invasores y los vencían con sus macanas. Otros escondidos lanzaban dardos y flechas envenenadas que se clavaban en la cara o cuello de estos seres malignos.

El pánico se apoderó de los hombres blancos que se vieron sorprendidos en número y táctica. La lluvia no dejaba funcionar muy bien sus armas de trueno, lo que hizo que entendieran que teníamos la ventaja y que lo mejor era retirarse. Aunque tarde para muchos invasores que se vieron rodeados sin más posibilidad que sentir la furia de hombres a los que habían provocado.

Yo no soy guerrero. Si Kuismei hubiese estado allí seguramente habría podido acabar con todos, pero yo no estaba en ese lugar para pelear, sino para observar. Para intentar entender lo que pasaba o al menos reunir partes de una historia que al final permitiera evitar que los invasores acabaran con todo y los jaguares lograran su deseo de terminar con el mundo que Gauteovan había hecho para todos nosotros. Por lo menos eso creía.

Sentado desde una rama miré la gran batalla. Dardos, flechas, catanas y las armas de los invasores se entrelazaban con los sonidos de la muerte.

Saltaban en mi cuerpo dos sentimientos muy diferentes. El gozo de ver como muchos de los invasores caían muertos, final que se habían ganado con mucho mérito, y que dejaba ver en mí una huella de venganza por todo lo que le habían hecho a mi familia, a mi pueblo y a mi tierra; y a la vez una sensación de angustia porque el fin de la vida de una planta, animal u hombre, que no sea natural, debería extinguirse del mundo. La sensación de muerte me molestaba y me atormentaba. Algo similar a esa mañana cuando encontré los cuerpos de todos esos pájaros en el suelo, muertos por mi propia mano.

Al final el silencio se apoderó del bosque. El silencio propio de la muerte que aprendí a distinguir aquel día.

El cacique reunió a sus hombres, los que aún estaban en pie, y les ordenó marcharse con la cacica. Caminamos de regreso bañados de nuevo por la niebla que desvanecía, tras nuestros pasos, al bosque y todos sus muertos.

Yo solo había sido un espectador. No había participado de la batalla, pero eso no parecía molestarle a la cacica. Seguramente las aves que vigilaban las tres hermanas le habían explicado que mi alma no es la de guerrero y que yo actúo más como un observador que aprende de lo que ve.

De vuelta al poblado me inquietaba la razón por la que el cacique no había regresado con nosotros. Intenté, con señas, pedirle una explicación a su mujer, aunque mis gestos fueron detenidos por el impacto que me produjo verla cinco años más vieja. Ella sonrió mientras miraba sus manos, luego levantó su mirada con nostalgia y ojos humedecidos, hacia las afueras del poblado donde un grupo de invasores se llevaba a un cacique cinco años mayor del que acabábamos de dejar en el bosque.

Juntos observamos como el cacique se alejaba resignado.

Ella se alejó de mi lado y entró de nuevo a su choza.

—Ni siquiera se despide de su marido —indignado pensé.

Se posó entonces a mi lado un paujil de pico azul. Yo ya los conocía porque también vuelan por mi sierra. Se empezaba a volver costumbre hablar con las aves. Si el naoma me viera se sentiría orgulloso, si mis amigos me vieran pensarían que estoy muy loco.

—No juzgas bien sus actos —me dijo el ave—. Batallas hay muchas en la vida, unas las ganas y otras las pierdes. Luchas como puedes, a veces con otros y en ocasiones contigo mismo. Aceptas lo que sucede y en otros momentos te rebelas. Sea cual sea el momento y tus actos "vives" y afrontas las consecuencias. El cacique y la cacica conocen su destino, pero viven; pelean y ganan, pelean y pierden, rememoran sus batallas, se apoyan el uno al otro, comparten sus ideales y un mismo destino. El mundo de aquí y los otros mundos tienen para ellos un lazo indestructible que se impone sobre el tiempo y el espacio. Ya empiezas a tener tus propias batallas, tus victorias y tus fracasos. Tú, jaguar, quieres salvar al mundo y no entiendes que primero debes salvarte de tus instintos y de lo que te hereda el mundo. Eres noble como el tercer jaguar, el hijo, pero aun no deambulas tan confundido como él. El jaguar hijo quería el bien, aunque como a su abuelo y a su padre el hambre por tenerlo todo y por dominarlo todo lo cautivó, y ahora los tres jaguares convierten a muchos, desde tierras lejanas hasta las nuestras, en seres que los siguen. Ellos quieren comerse entero el mundo y destruirlo.

Fueron palabras interesantes y más si provenían de un pájaro; sin embargo, la confusión aún me retenía. Mis ojos habían visto repetidos al cacique y su cacica, unos cinco años más viejos que los otros, y eso no tenía explicación sensata. Tal vez era una especie de juego en el que el tiempo bromeaba conmigo, permitiéndome estar en dos momentos diferentes al mismo tiempo.

—Cuando has llegado la cacica esperaba a un guerrero llamado Kuismei, aunque ha sabido que debía acogerte porque tu misión es mirar hacia atrás para lograr entender lo que sucede en el mundo. Y ahora que ve como se llevan a su cacique, pone los ojos en lo que sucederá, como la madre de todo, en Mirshaya. Tú ya no eres presente ni serás futuro. A ti solo te queda entender el pasado —dijo el ave.

Las palabras del pájaro, lejos de despejar mis dudas, lograron enredarme más la mente, ¿por qué el pájaro nombraba a mis amigos y hablaba de nosotros como si estuviéramos en tiempos o mundos diferentes?

El paují alzó el vuelo y se marchó sin dar más explicaciones, compartiendo la misma mala costumbre del oso que tampoco quiso continuar hablándome en mi anterior aventura.

No tenía sentido continuar en ese pueblo. No había hallado aún respuestas ni la manera de vencer a los invasores definitivamente.

Dejé atrás el poblado de la cacica para continuar la travesía por las montañas en busca de los muiscas y su conocimiento de la guerra, el que me podría ayudar a ganarle a los blancos invasores.

CAPÍTULO VI

LAS TIERRAS MUISCAS

La tierra de la cacica pareció quedar muy atrás luego de que dormí sobre las ramas de un frondoso árbol a las afueras de su poblado. Como ya era costumbre apareció la niebla que no dejaba ver nada más allá de las manos y que en un solo instante desaparecía como si quisiera mostrar el sendero por donde se debía continuar.

Tras varios días de viaje en los que no encontré a ningún hombre y solo me acompañaron animales de todo tipo, que ahora están en mi memoria, me vi intentando luchar con el frío de cinco lagunas. Fue para mí inevitable entrar y nadar en todas ellas.

Me lanzaba e intentaba nadar. Se me congelaban los huesos. Salía huyendo del agua y me vestía. Tras cada intento pensaba que, al regresar, Kuismei e inclusive mi abuelo, me llamarían cobarde, pero yo les explicaría que el frío de estas lagunas nadie de nuestro poblado lo conoce. Ninguno de ellos podría dejarse congelar por Gauteovan hasta las uñas de los dedos de cada pie.

Tras el último intento, en la quinta laguna logré permanecer un poco más de tiempo sumergido en sus aguas. El frío era el mismo de las otras cuatro. Un reflejo que se proyectaba debajo de mis piernas en movimiento me incentivó a soportar la baja temperatura.

La vi a ella. Por un breve instante pareció como si Mirshaya nadara justo debajo de mí en aquella laguna. Ansié tocarla, me sumergí, pero solo había agua. El reflejo poco a poco se desvaneció y a mí solo me quedó la sensación de vacío.

Quise evitar llorar, pero no me pude contener. Entonces mis lágrimas se mezclaron con el agua que escurría por mi cara.

Mientras me limpiaba el rostro noté que me observaba una cierva. Esta era una imagen que volvía a poner en mi mente a Mirshaya. Yo como hombre de familia tigre, como todo mi pueblo, debía desposar a una mujer ciervo. Mirshaya y yo éramos una pareja aprobada por el naoma. Aun no éramos esposos conviviendo como lo hacen ya todos los muchachos de nuestra edad, porque Sinnaca y mi abuelo sabían que teníamos una misión especial en este mundo y apartaron las reglas que sobre esto marcaba mi pueblo.

Justo antes de iniciar este viaje Sinnaca juntó nuestras manos como dando su complacencia por nuestra relación.

La escena del venado se vio alterada por una flecha que se clavó justo en el suelo delante de los matorrales donde se alimentaba el animal. Como era de esperar este salió corriendo despavorido mientras de la maleza se asomaron dos hombres peleando entre sí. Lo que decían podía comprenderlo casi todo porque hablaban mi lengua. Tenían una estatura similar a la mía, aunque sus rostros eran más redondos. Definitivamente eran muiscas. Un poco locos, pero muiscas al fin y al cabo. Digo locos porque se empujaban y recriminaban mutuamente por perder la presa. Alegaban, lloriqueaban y se daban golpes en los hombros sin advertir que otros venados pasaban muy cerca. Sonreí ante tales acciones aún con la mitad de mi cuerpo sumergido en la orilla de la quinta laguna.

Cuando escucharon lo que ya no era una sonrisa sino una potente carcajada, lograron divisarme. De mi lado emergió la serpiente que me había acompañado en parte de mi recorrido en el bosque. De la que el oso habló y me dio un discurso. No tuve tiempo de pensar más en ello, porque me concentré en los dos hombres y sus intenciones al ver que se aproximaban. Pensé que se acercarían a golpearme; sin embargo, venían sonriendo. Cuando estiraron la mano, creí que pretendían ayudarme a salir del agua como gesto de cortesía, pero sus manos no se conectaron con las mías sino con las de la mujer desnuda que salía a la derecha de mi hombro.

No entendía lo que había sucedido. Cómo un breve instante antes veía una serpiente y ahora aparecía de entre las aguas esta mujer. Ella desprendió las manos de las de los hombres y entonces se conectó con las mías. Me ayudó a salir y me alcanzó mi ropa que permanecía sobre el suelo de la orilla. Con la suavidad de una serpiente sus dedos se deslizaron por mi cuerpo para colocar y acomodar mis prendas.

Era ella la serpiente que me había acompañado y que ahora volvía fiel a mi sendero. Cuando, rápidamente, rememoré pequeños trayectos del viaje, luego de las mariposas de colores y las diminutas aves negras, me percaté de que estuve acompañado por la presencia femenina de esta serpiente por parte del trayecto.

Uno de los hombres quiso tocarla de manera abusiva embriagado por su desnudez. Me molestó tanto que tomé su propia macana y lo golpeé en las piernas hasta derribarlo.

Le exigí al otro hombre que me llevara a su aldea y aunque era más grande me hizo caso sin dudarlo, no sé si intimidado por mi arrebato de furia o por los ojos hermosos de mi serpiente desnuda.

Era mi serpiente porque sentía con ella una conexión como la tiene el animal cazador y su presa. No era un venado como Mirshaya y seguramente el naoma no avalaría una unión como esta, pero qué importaba el consentimiento del naoma y la tradición que me obligaba a elegir a una mujer venado, al lado de mis propios sentimientos que me movían a aceptar a la serpiente, que me hacía sentir acompañado en este viaje.

La pude ver en todo su esplendor de mujer mientras me rozaba con sus dedos. Un fuego ardió en mí. De esos fuegos que no se extinguen con facilidad y que se vio aumentado en llamas cuando tomé de mi mochila la túnica de Mirshaya, que guardaba en el fondo, y le respondí su gesto ayudándola a colocársela para cubrir lo desnudo de su cuerpo.

El hombre montó en su espalda a su compañero mientras le sostenía sus piernas, ya que el golpe en sus muslos le había lastimado un poco.

En un trayecto no muy largo a la vez que transitábamos los cuatro por la espesa vegetación, el hombre me habló del porqué discutían cuando cazaban al venado.

Soracipa, el hermano que cargaba al otro, nombre y parentesco que conocí mientras andábamos, contó como el zipa, la máxima autoridad de todos los muiscas, había enviado parejas de hombres para espiar a los invasores que ya caminaban sobre sus tierras.

Soracipa y su hermano regresaban para darle noticias al zipa sobre aquellos hombres con armas de trueno.

—Vi como de sus manos salían truenos que matan sin remordimiento. Apuntan y sale un trueno que se desplaza sin obstáculos por el aire y castiga con su furia al hombre que no tiene el mismo poder. Le abre agujeros y le destroza por dentro como un dardo envenenado. No como los nuestros, sino mucho más fuerte, con un veneno diferente al de plantas o animales. Su veneno viene del alma de estos invasores y se puede ver en sus ojos cuando lo lanzan —continuó narrando Soracipa—. Tienen unos animales llamados caballos. No están unidos como creíamos, sino que uno sigue las órdenes del otro.

Sus relatos parecían fantásticos y realmente para ellos eran novedosos. Para mí, en cambio, eran información vieja. Ya conocía de sus truenos y sabía de las bestias que los transportaban de un lugar a otro, mucho más rápidas que nuestras piernas.

Chichue también parecía sorprendida por las narraciones. Sus ojos y cabeza atendían a cada palabra pronunciada por el muisca. El nombre de mi serpiente lo conocí cuando ella misma me lo susurró, mientras mis manos la rozaban intencionalmente para colocarle la túnica de Mirshaya.

Sus descripciones eran impecables, supongo que por esa razón lo habrían escogido para espiar a los invasores y traer toda la información que pudiera. A mí en particular ya me empezaba a cansar y luego de un par de horas caminando los ojos luchaban por no cerrarse y las piernas por seguir en movimiento.

Justo cuando planeaba manifestar mi descontento y tomaba fuerzas para, con una postura firme, ordenarles a todos que paráramos a descansar, comer algo y dormir, los dos hermanos nos pidieron que escucháramos atentos y señalaron al tiempo con sus manos una choza pequeña y muy decorada que se veía a pocos pasos. El sonido que ellos querían que identificáramos, era el de las aguas de una cascada en un territorio que llamaron Tequendama.

Corrimos todos hacia ella como niños emocionados, y aunque lo lógico era que los hermanos llegasen de últimos, pues uno llevaba al otro cargado, fueron los ganadores de la pequeña carrera. Seguramente, la emoción tenía que ver para ellos con regresar a su hogar; para mi serpiente con el hecho de encontrar compañía, creo yo, porque a empujones juguetones me impulsó a correr mientras apretaba mi mano; y para mí con poder cumplir mi tarea de solicitarle ayuda a los muiscas, para que entre todos superáramos la fuerza de los invasores y lográramos expulsarlos de todas nuestras tierras.

El lugar era espectacular. Parecía una montaña verde partida en dos mitades por un río que se dejaba caer con tanta fuerza, que parte de sus aguas regresaba y chocaba con las que recién bajaban.

Desde allí se podía observar la choza pequeña y muy decorada en el centro de lo que parecía un poblado deshabitado.

Los hermanos nos invitaron a acercarnos a la orilla desde donde se podía ver la majestuosa cascada de cabellos de agua muy largos. Mi serpiente no quiso acercarse demasiado y yo no quise alejarme de ella. Entonces disfrutamos del paisaje alejados de la orilla y de las aguas que parecían causar algo de ansiedad en mi compañera.

Caminamos hacia la choza y organizamos una fogata para soportar el frío de la noche, que ya eclipsaba todo a nuestro alrededor.

El sonido de las aguas cayendo, que desde allí aún se escuchaba, era adormecedor y parecía invitar a cerrar los ojos, pero no nos fue permitido hacerlo por la cortesía que debíamos mostrar a Soracipa y sus historias. Sentados alrededor del fuego, el hermano que tanto hablaba, contaba sobre su pueblo, sobre su zipa y sobre sus dioses, y entonces decidí escucharle más atento. Me parecía maravilloso conocerles y saber cuánto compartíamos o qué tanto nos diferenciaba. Él hablaba de sus dioses con gran emoción, los mismos que yo conocía con otros nombres. Seguramente porque entraban a la imaginación y a la mente de los diferentes hombres de maneras también diferentes. Solo le había escuchados tantas historias a mi abuelo y al naoma.

Con algo de misterio el hermano que no hablaba sacó de una mochila un polvo negro que había tomado de los invasores. Su hermano le acompañó narrando la manera como lo habían obtenido y explicando que aquel polvo mágico era un artilugio que hacía funcionar los truenos que tanto atemorizan a nuestra gente.

Chichue tomó un poco en su mano y por un pequeño descuido dejó caerlo sobre el fuego. La llama se avivó de inmediato como si dejara escapar una fuerza incontrolable antes cautiva. En el río de fuego pude ver el desaforado impulso destructor de los invasores.

El hermano guardó de nuevo el resto del polvo negro para mostrarlo a su zipa con la esperanza de que algún hombre pudiera dominarlo como lo hacen los blancos invasores y así utilizarlo en su contra. Creo que todos fantaseamos con poder lanzar truenos de esos para devolverle a los blancos su destrucción.

Cuando el fuego se apagó al igual que la voz de Soracipa producto del cansancio, en mi hamaca hubo una visitante. Dormía a mi lado Chichue abrazada como si yo fuera el árbol al que se aferraba cuando la conocí.

Mi descanso se atrasó un poco más que el de mis compañeros de viaje, porque empezaba a germinar una confusión en mi cabeza. Le debía lealtad a Mirshaya, a quien quería, además de ser la mujer de linaje correspondiente al mío. Pero la serpiente inquietaba mi espíritu y empezaba a despertar sentimientos que creía reservados para la compañera de mis juegos de infancia y de seducción de la juventud.

En la mañana, a diferencia de otras ocasiones, no fui despertado por el canto de algún pájaro o los rayos del sol calentando mis cachetes. Murmullos de varios hombres que pasaban justo a nuestro lado interrumpieron el sueño de todos.

Chichue me abrazó asustada mientras veíamos como uno a uno, muchos hombres entraban a la choza y nos miraban fijamente cuestionando nuestra presencia. La calma retornó cuando el hermano que habla empezó a comunicarse con ellos. El sosiego completo llegó cuando Soracipa por fin me habló aclarando que eran gente de su pueblo.

De manera apresurada nos llevaron a su poblado, que estaba a poca distancia y allí nos dirigieron a la choza más grande que yo haya visto. Tenía la misma forma que tienen las de mi sierra, pero esta era como juntar la casa de mi abuelo, de naoma, de Mirshaya y de Kuismei junto a las de otros cinco pobladores.

Mientras yo me deleitaba examinando todo con mis ojos, el hermano que habla le contaba al zipa los descubrimientos que había hecho sobre los invasores. Yo a lo lejos observaba todo y a todos. Me detuve en el rostro del zipa al ver cómo se transformaba su apariencia de ansioso y curioso a deprimido y temeroso. Y no era para menos. El hermano contaba cómo incursionaban cientos de hombres a sus tierras con la firme misión de darle cacería.

—El temor ahora le envuelve —le dije a Soracipa luego de que se alejó del zipa.

—Ves al sacerdote que camina hacia nosotros. Justo antes de que llegáramos le narraba al zipa cómo moriría en su propia sangre a manos de los invasores, y ahora yo le digo que vienen hacia nosotros. Yo estaría aterrado —dijo el hermano que habla.

Soracipa se dejó caer al suelo mostrando respeto al sacerdote que los muiscas llamaban jeque. Como nuestro naoma en la sierra.

El jeque se acercó justo frente a mí. Intenté mostrarle respeto bajando la mirada y él en cambio buscó que se encontraran mis ojos con los suyos.

—Yo volé hasta tu tierra y de allí vi venir a los invasores —dijo el sacerdote.

Las plumas amarillas y azules que colgaban en su cabeza como atuendo especial, me rozaron el rostro y recordé el ave que salía de la sierra cuando yo la despedía.

—He visto el jaguar —dijo el jeque.

Asumí que me hablaba del tigre de ojos como piedras negras con sed de venganza que también partió de la sierra, pero fueron sus últimas palabras las que me desconcertaron.

—El jaguar que subió al árbol y mató siete hombres con sombreros de plumas que brillaban en la oscuridad, cegado por el odio a los nuestros que decidieron traicionarnos y ayudar a los invasores —corrigió el sacerdote como si pudiera leer mis pensamientos.

Ahora yo compartía la cara de angustia del zipa al verme descubierto en uno de mis momentos más oscuros.

Chichue al ver mi rostro intentó interrogarme. La eludí esquivando su cuerpo y aprovechando el desorden que imperó al momento en el que el zipa daba la orden de abandonar el pueblo para escapar de los invasores.

La instrucción del zipa sirvió para evadir definitivamente a mi serpiente al tiempo que me causó malestar. Yo había venido a buscar la ayuda de los muiscas para que con su fuerza y experiencia en guerras vinieran a mi tierra y nos ayudaran a expulsar a los invasores, y ahora ellos huían sin la intención de enfrentar a estos seres paridos por el mal y guiados, seguramente, por los tres jaguares que quieren el fin del mundo edificado por la madre de todo.

Con rabia tomé mi mochila del suelo, le arrebaté de las manos a un muisca su macana, a otro su arco y flechas, y con los ojos le pedí a Chichue que me acompañara. Quería enfrentar de una buena vez a los invasores con mis propias manos, pero otra mano me detuvo.

—Malentiendes lo que pasa aquí –dijo el hermano que habla.

Me hizo voltear el rostro y mirar hacia la entrada del pueblo. El zipa organizaba un ejército de seiscientos guerreros que alistaban con toda dedicación sus armas. Pasé de la rabia a la emoción y me creí el guerrero número seiscientos uno.

Participé todo el día de los preparativos de guerra junto a Soracipa y su hermano que impulsados por mi determinación, prometieron acompañarme para derrotar a los invasores.

Sabíamos que no ganaríamos la guerra definitiva; sin embargo, iniciaríamos una ola de guerreros, como las que bañan las faldas de mi sierra nevada, para que se extendiera por todo el territorio y lanzara lejos a los invasores.

Los tres compartimos toda la tarde fantasías guerreras sin reflexionar sobre el hecho de que no éramos guerreros. Hasta el hermano que no habla, con gestos y sonrisas, participaba de nuestra emoción. Mientras tanto Chichue ayudaba al resto de los pobladores a empacar lo necesario para huir del poblado junto al zipa, custodiada por las miradas de los hombres del poblado que veían en su exuberante belleza la tentación misma de la carne. Parecían jaguares hambrientos. Pero no importaba porque ya había prometido acompañarme.

En la noche la calma tomó el poblado y casi todos descansaban profundamente guardando fuerzas para los días difíciles que se venían luchando o escapando.

Yo dormía en mi hamaca de nuevo cobijado por la compañía envolvente de Chichue y aunque no me di cuenta, el zipa, en un momento de la noche, se paró frente a nosotros atraído por una imagen. Sus ojos revolcaban a Chichue de abajo a arriba como buscando algo, como pensando algo.

Solo hasta la mañana siguiente me enteré de su visita.

—Te he visto dormir apaciblemente al lado de una serpiente. Ya un cacique, hace algún tiempo, encantado por la belleza de una mujer, fue seducido y atrapado por una serpiente que perjudicaba su vida y le hizo olvidar a su verdadera mujer, la de su linaje. Esa mujer mala, porque lo tentó y dominó sin ser realmente suya, desapareció gracias a los ayunos y a la ayuda de los dioses que hicieron que desapareciera en las aguas del Tequendama —me advirtió el zipa, que casi no hablaba con nadie y al que casi nadie le hablaba por respeto.

Callé porque el hermano que no habla con un gesto me indicó que no contestara y por los relatos de su hermano sabía que al zipa no se le cuestionaba y no se le contestaba si él no autorizaba. Entonces por prudencia no abrí mis labios, pero quería gritarle que mi serpiente era diferente porque a mí no me engañaba. Ella se había dejado conocer en toda su naturaleza desde un inicio. No me engañaba como otra había engañado al cacique de su historia.

El zipa se retiró dando la orden a todo el pueblo de partir junto a él, a la vez que indicó a los guerreros el inicio de su viaje hacia el lado contrario para defender el territorio.

Tomé de la mano a Chichue como reforzando la idea de que creía en ella y juntos avanzamos con los guerreros y los hermanos en busca de nuestro destino.

CAPÍTULO VII

BATALLA ENTRE JAGUARES

Un ejército de seiscientos guerreros más dos hermanos en busca de aventuras, una serpiente fiel y un curioso y reflexivo observador, se enfilaron al sur de las tierras del zipa listos para enfrentar los truenos y bestias de los invasores con dardos, hachas de piedra y tiraderas.

Los cuatro preferimos llevar las hachas porque no éramos diestros en hacer volar los dardos o utilizar las tiraderas. Lo comprobamos al pasar más de un buen rato intentando practicar sin mayor progreso, a tal punto de desesperar uno a uno a cinco gurreros que pretendieron adiestrarnos.

Pronto fuimos más de seiscientos cuatro porque se nos unieron hombres muiscas que por encargo del zipa habían viajado al occidente trayendo consigo canastos donde resguardaban un pequeño tesoro para la batalla. Uno de los guerreros me permitió ver el contenido de una de ellas. Se trataba de ranas muy pequeñas que parecían cubiertas en oro. Quise tomar con mi mano el curioso animalito. El guerrero me retiró la mano y con la suya restregó un dardo en el cuerpo de la rana. Fue claro entonces que se trataba de una rana muy venenosa y efectiva si se habían tomado el trabajo de recolectarla en tierras lejanas.

Por un largo rato no sucedió nada más que pudiera distraernos. Salvo que yo sentí que la mochila que tanto me había dado de comer me incomodaba en ese caminar de guerrero. Mi serpiente, entonces, decidió tomarla y amarrarla en su cintura.

La ensordecedora calma caminaba a nuestro lado porque cada cual deambulaba en sus propios pensamientos. Seguramente muchos de los guerreros alimentaban su sed de venganza, otros se fortalecían pensando en sus familias y antepasados queriendo honrarlos y defenderlos, algunos intentaban esquivar los pensamientos de muerte, de su propia muerte, al contrario de otros que se preparaban espiritualmente para asumirla.

Los hermanos seguramente hacían parte del grupo que evadía la idea de su propia muerte, porque dedicaron parte del trayecto a molestar y bromear entre ellos mismos.

En el rostro de Chichue se reflejaba la aceptación de un camino de guerra, inclusive de la muerte que parecía acariciar nuestros rostros. Se mostraba aferrada a la idea de disfrutarme. Parece engreído de mi parte, pero era como si su vida quisiera consagrarla a la mía. Como el que encuentra lo que tanto anhela y decide conservarlo a toda costa. Esa sensación la dejaba entrever con cada mirada, caricia y palabra que tenía para endulzarme.

En mi caso, yo también pertenecía al grupo de los que aceptaban la muerte y querían honrar a sus familias, pueblos y antepasados.

Era increíble cómo pasé de disfrutar un baño en una vasija con aceites aromáticos, esperanzado en la voluntad de ayuda de los dioses y junto a la gente que me amaba, a aceptar la muerte desesperanzado en lo que pudiera hacer una deidad y más apegado a las intenciones y motivaciones humanas junto a una serpiente que se había ganado todo mi amor.

Llegamos al punto en el que cualquier consideración o razón pareció esfumarse, remplazada por el sentido innato de supervivencia al empezar a escuchar los primeros truenos.

No veíamos qué sucedía porque éramos casi los últimos en una larga fila de guerreros. Al ser tantos no teníamos contacto con los que iban adelante, pero la cantidad de truenos nos daban una idea del río de sangre que pronto nos arrastraría.

Todos se empezaron a dispersar buscando el mejor rincón para atacar. Algunos subían a los árboles y otros se ocultaban entre matorrales.

Desde los árboles empezaron a llover los dardos envenenados gracias al cuerpo de las ranas doradas.

Del frente venían los truenos que empezaron a destrozar las ramas de los árboles astillándolas y rompiéndolas sin ningún tipo de tregua. Tenían tal poder que no se conformaban con astillar y destrozar árboles, sino que en su camino hacían lo mismo con la carne y los huesos. Fue así como uno de esos truenos alcanzó el brazo del hermano que habla obligándolo a soltar su macana.

Tuve la intención de correr hacia él para ayudarlo, pero rápidamente su hermano lo tomó del otro brazo y le limpió el rostro que estaba lleno de su propia sangre.

Los que teníamos hachas y tiraderas en el suelo corrimos para arremeter contra los invasores, y a pesar de la ferocidad de los ataques yo tenía tiempo para observar cómo caían muiscas de los árboles compartiendo el destino de las ramas quebradas.

También pude ver al hermano que no habla en el momento en el que dejó a su hermano sobre el suelo y como poseído por uno de esos jaguares arremetió contra un invasor y su caballo. El animal se asustó y tropezó al intentar avanzar hacia atrás dejando caer una mochila llena del polvo negro que hacía funcionar los truenos. El hermano le prendió fuego a la mochila y la lanzó rápidamente al grupo de invasores. Un estallido hizo temblar el bosque y pedazos de cuerpos volaron sobre los árboles.

Creí que se cumplía nuestro sueño de dominar y utilizar el polvo negro en contra de los blancos. La emoción duraría muy poco. Luego de que la niebla que había producido tal estallido desapareciera, cuerpos de invasores y también los de nuestros guerreros, y el del hermano que no habla, me mostraban que aquel conocimiento ahora nos dañaba a todos.

Avanzar fue cada vez más difícil porque tenía que evitar los cuerpos sin vida de muiscas e invasores que parecían hojas caídas antes de tiempo sobre el suelo del bosque.

Chichue corría a mi lado. Igual que yo no era una guerrera, aunque la necesidad de sobrevivir transforma a cualquiera, así de niño ni siquiera hubiera ganado una pelea. Juntos golpeábamos con las hachas de piedra a todo invasor que encontrábamos y debo decir que fuimos afortunados, porque mientras muchos a nuestro lado dejaban su cuerpo físico, mi poder de observación me permitió entender que las tiraderas que utilizaban los invasores, de donde salen sus truenos, tenían una debilidad que los dejaba indefensos. A pesar de que eran tiraderas más poderosas que las nuestras cuando lanzaban uno de sus truenos debían tomar un aliento antes de poder lanzar otro, así que teníamos el tiempo suficiente para golpearlos.

Todo sucedía tan rápido, sin dar un respiro, que no encontré el momento para contarle a otros mi descubrimiento porque, aunque evitábamos los truenos de invasores cercanos con tiraderas que tomaban aliento, los que estaban más lejos tenían tiempo de apuntarnos, convirtiendo los árboles en un refugio donde también recuperábamos nuestro propio aliento.

Por un instante pensé que de no poder derrotar a los invasores, en el futuro estos mejorarían sus tiraderas y podrían corregir el problema entre un trueno y el siguiente. De solo pensarlo ya me estremecía.

Para ese momento el hermano que sí hablaba ya no se veía y muchos de los que estaban a nuestro lado tampoco.

La noche hizo presencia y la luna apenas si quiso alumbrar mostrando el luto por tanta muerte. Para Chichue la penumbra era la misma que narraban las historias muiscas sobre el día en el que había llegado de ella, el caos y el mal con el primer zaque, ser malo que esclavizó y pervirtió al mundo.

Una piedra grande que sirvió para cubrirnos de los truenos, también me ayudó para elevarme y procurar, de manera muy cuidadosa, divisar lo que sucedía más adelante. La luz tenue y los sonidos fuertes se mezclaban permitiéndome distinguir algunas cosas como lo hacen los ojos de un jaguar en la noche. Desde allí vi a un hombre, un invasor que parecía muy importante. En su boca metía una bola azul y se colocaba luego una máscara de jaguar. Entonces otros hombres de nuestra tierra que traicionaron a sus pueblos y que lo seguían, se transformaron también en jaguares.

Entendí que el jaguar abuelo ya cumplía su amenaza y enviaba a su hijo.

Los rugidos de cientos de jaguares se impusieron sobre todo el territorio, pero encontraron contestación rápidamente.

Desde la piedra acurrucado junto a mi serpiente vi una batalla casi indescriptible. Del lado de los muiscas sus hombres, los que aún estaban de pie luchando, se transformaron en jaguares también. Lo único que los diferenciaba era el tamaño. Los jaguares invasores parecían más grandes. La ira se podía sentir en los gruñidos de unos y otros que con furia se mordían y arrancaban pedazos. La guerra allí se hizo más violenta y descarnada, en medio de una fuerte lluvia que comenzó a caer y a inundar levemente el suelo. Colmillos, garras y furia eran ahora las armas de una batalla que solo dejaba sangre y muerte, más del lado de nosotros, pues las fuertes fauces de los jaguares invasores atacaban con más voracidad.

Miré, allí en la piedra que me resguardaba, mis manos y sentí en ellas garras que querían salir y rebanar. Toqué entonces mis dientes y sentí cómo los colmillos también querían encontrar una salida. Me asusté mucho porque recordé lo sucedido en la ciénaga. Por ningún motivo quería que de nuevo me dominara este animal.

Ante mi angustia, Chichue tomó mis manos y luego miró mis dientes.

—Eres un jaguar sin duda —dijo ella.

—Tengo que aceptar, entonces, estos sentimientos y sensaciones tan negros que me transmite este animal. No los quiero, me lastiman y solo me llevan a destruir —le repuse.

Chichue tomó mi rostro con ambas manos y me habló de nuevo.

—El jaguar no es malo. Es sagaz para aprender cosas que otros no saben y hacer cosas que otros no pueden. Todo esto para prepararlo en su misión de curar y arreglar lo que está mal o de planear cómo debe funcionar su pueblo. El jaguar no es malo; sin embargo, su sagacidad lo puede llevar a tomar malas y egoístas decisiones, así como la serpiente tampoco es mala, pero en ocasiones puede tomar malas determinaciones —intentó explicarme ella.

Decidimos juntos no ver más la masacre entre bestias. Cerramos los ojos y nos tomamos de las manos, mientras los sonidos de la muerte se esparcían por el bosque. Mi serpiente pedía a Chiminichagua[7], su dios creador para que parara la tormenta de sangre, y a Bochica[8] para que volviese a salvar a su pueblo, mientras yo movía mi cabeza cuestionando una vez más a Gauteovan por no hacer nada.

Los gruñidos cesaron pero el sonido de la lluvia parecía más intenso, y mientras golpeaba las piedras, los troncos y la tierra dejaba ver pequeños estallidos de fuerza que hacían casi imposible mirar hacia adelante.

Como pudimos bajamos de la piedra que ahora se hacía muy resbaladiza. La dificultad más grande estaba en intentar ver dónde colocábamos nuestros pies en medio de la lluvia incesante y sus estallidos potentes.

Decidimos palpar con nuestros pies cada paso para no caer, mientras nos tomábamos de las manos para no correr el riesgo

---

7   Chiminichagua - Divinidad muisca. Es el ser supremo, omnipotente y creador del mundo.

8   Bochica - Personaje de la mitología muisca. Héroe civilizador.

de separarnos. Cada paso era superar un cuerpo sobre el piso, la mayoría hombres del zipa.

Creo que eran cientos los muertos que reposaban en el piso del bosque y que tuvimos que esquivar, mientras pensaba en la muerte de los dos hermanos. Hasta hace tan poco reíamos y caminábamos juntos y ahora sus cuerpos solo eran recuerdos por olvidar de una lucha entre jaguares.

Cuando logramos salir del espeso bosque de árboles y cuerpos, la lluvia había disminuido y las manos atadas entre mi serpiente y yo se dieron un reposo al sobrevivir a tal escenario de muerte.

Pero las cosas que nos emocionan y nos alimentan tienden a durar mucho menos que aquellas que nos lastiman y perjudican. Al menos así siempre me lo explicó mi abuelo, no con la intención de desanimarme, sino de hacerme entender lo importante que es disfrutar al máximo de cada buen momento. La primera vez que me habló del tema lo hizo justo a mis nueve años, luego de que aprendí a nadar en el mar, a las faldas de mi sierra, acompañado por mi padre y mi madre que me mostraron la mejor técnica para dominar el agua. Aunque allí no importó la técnica, solo importaba sentirlos juntos y a mi lado, apoyándome, dándome su calor, sintiéndolos míos. Fue un instante que aprendí a añorar, como dijo mi abuelo, porque luego, a los pocos días, tuve que ver cómo los invasores, acompañados por la muerte que siempre los persigue como una sombra, le arrebataron a estas tierras y a ese niño parte de la vida.

La alegría de sobrevivir ilesos y juntos también duró muy poco. Nos esperaba un grupo de invasores que con sus tiraderas nos apuntaban y con sus sonrisas oscuras e insultos que no se entendían, nos despojaban de toda dignidad como si no fuéramos hijos de la misma madre.

CAPÍTULO VIII

LA CONCLUSIÓN DE UN VIAJE

Tomaron a Chichue de los pies y manos, mientras se zambullía como ola que quiere escapar del mar. Yo tuve que ver cómo la maltrataron durante todo el trayecto hasta llegar a la misma choza de la pequeña aldea que parecía abandonada, donde compartimos con los hermanos y donde se escuchaba el sonido del agua que rebotaba y se golpeaba una con la otra. Ahora, allí se resguardaban los invasores con la complacencia de algunos de sus pobladores.

A mí me lastimaron las manos que atadas con una cuerda intentaron escabullirse sin lograrlo. Pero dañaron más mi espíritu que tenía que soportar ver el cuerpo de mi serpiente violentado de muchas maneras diferentes.

En la aldea nos amarraron a unos troncos muy altos y astillados por la guerra. El único consuelo era poder observarnos. Conectar nuestras miradas para intentar olvidar el resto. Ella y yo, junto al resto de cosas hermosas que tenía el mundo, como el agua del Tequendama que a pesar de la presencia de los invasores no perdía aún la belleza de su esencia.

Cuando has tenido la preparación para ser naoma, como alcancé a tenerla, aprendes a esperar sin desesperarte y eso hice por varios días. Atados veíamos llegar a más muiscas amarrados y maltratados. Unos permanecían vivos a merced de los invasores, como nosotros. Otros morían acuchillados o por truenos, solo esperando avanzar por los nueve pueblos que todo difunto debe superar para llegar al oeste con la madre universal.

En tan solo unas noches vimos como llegaban ríos de invasores intentando competir con la cantidad de aguas que caía del Tequendama.

Uno de esos días que pasamos atados a los palos altos le hablé a Chichue, entre risa y algo de temor, sobre las advertencias del oso y del zipa en cuanto al peligro que representaba mi serpiente. Yo continué riendo reforzando mi incredulidad frente a tales afirmaciones, pero Chichue me tocó con su pie el pecho, pues no alcanzaba con sus manos, queriendo detenerme.

—Yo siempre he sido una serpiente y como cualquier otra me arrastré en medio de mis decisiones, algunas equivocadas y otras muy acertadas. Yo sí me mostré diferente ante un cacique que me ofrecía poder y riqueza y que al final, al descubrirme, quiso desaparecerme en las aguas de esta misma cascada. Lo engañé y me engañé queriendo ser alguien que no era. Ahora soy quien quiero ser, porque me aceptas y me haces intentar ser mejor. Me ofreces más que poder y riqueza. Me ofreces amor, me das luz para ver delante de mi camino, me das vida, me das en qué creer y la fuerza para protegerlo, me permites pensar y volver a pensarlo, para que sepa que aún hay cosas que debo aprender y la verdad nunca se termina de decir – manifestó mi serpiente mientras yo la miraba directamente a sus ojos.

Sus palabras contundentes me hicieron sentir aliviado, porque representaban el resultado de las charlas que tuvimos juntos desde el encuentro en la laguna de donde emergió desnuda hasta los momentos previos a la batalla en la que fuimos capturados, y porque eran prueba de que mi serpiente aún conservaba fuerza y vida a pesar de las circunstancias.

La confesión de Chichue decidí cortarla con una caricia entre piernas y así permitir que la noche nos dejara descansar.

Pasaron varios días en los que vi como ejércitos de invasores se preparaban para matar a la gente de estas tierras. Iban cientos, volvían menos y luego los que no volvían eran reemplazados con más de sus guerreros.

Pronto la pequeña aldea parecía un enjambre de abejas que no dejaban de zumbar y que teñidas de sangre dejaban oler su inmundicia a distancias muy lejanas.

El olor nauseabundo se hacía más fuerte cuando se acercaba con descaro un muisca del que nunca supe su nombre. Habitante de la aldea, reverenciaba a los invasores y cumplía todos sus pedidos.

Junto a él un grupo más de hombres de estas tierras traicionaban a sus ancestros, a su gente, a sus dioses, guiando a los invasores por senderos que luego serían caminos de los ríos de muerte, por donde correría la sangre de los hijos de la madre.

Aquel muisca daba indicaciones a los invasores antes de que se marcharan; organizaba y mandaba, hasta donde le dejaban, en la aldea.

Nunca soporté su presencia. Me intrigaba cómo podía un hombre traicionar a su propia tierra y cómo un ser podía traicionarse a sí mismo.

La tarde en la que me dio la oportunidad de tomarlo de su brazo y halarlo hacia mí, por un descuido de su parte, me permitió confrontarlo. Él se intentaba zambullir como caimán para escapar, mas mi convicción por descubrirlo ganó la pequeña contienda y lo tuve rendido con su rostro frente al mío.

No pretendí hablarle porque sabía que un hombre como él utilizaría cualquier palabra como justificación a su traición. Quise entonces verle los ojos desde muy cerca para conocer qué había tras ese cristal, quién era él y qué pretendía. La técnica la había aprendido en el tiempo en que me preparaba para ser un naoma. Cuando quería descubrir lo que mi abuelo no me contaba por alguna razón, o cuando el naoma nos narraba historias de antepasados que no existieron para convencernos, a todos los niños, de hacer o dejar de hacer algo, o cuando Kuismei intentaba sacar ventaja en algún juego o apuesta, o cuando Mirshaya se acercaba y me consolaba tras una derrota o un error cometido, o en estos tiempos cuando Chichue me confesaba su pasado con el cacique que quiso matarla, yo les veía a los ojos y lograba conocer la verdad que tenían para revelarme.

Tras sus ojos el hombre dejaba ver el miedo ante lo que él consideraba más poderoso, los invasores y sus armas, y también dejaba ver la seducción por conocer todo ese poder y querer asemejarse. Yo no podía comprender cómo podían convivir dos sentimientos tan diferentes en un solo cuerpo, el miedo y la codicia fusionados para dar como resultado a un hombre que puede permanecer inmóvil ante una destrucción de tales proporciones, como si no sucediera nada malo.

Parecía que a esta persona le hubieran destruido su mente para poder seducirla, dejándola en la incapacidad de enfrentar la realidad, gracias a una promesa que nadie le había hecho y que él creía ganada, sumergirse en las aguas de la riqueza y el poder que traían los invasores.

El hombre no logró competir con mi habilidad de observar en lo profundo de los ojos, así que corrió tan lejos como pudo cuando le solté, al recibir un golpe en mis costillas por parte de otro muisca que acompañaba a los invasores.

Una mañana, cuando la paciencia de mi serpiente no soportó más, sus gritos de ira y desespero molestaron a los invasores. Uno de ellos, al que los otros llamaban conquistador, se acercó con prepotencia hasta nosotros, la tomó de la mano, la arrojó sobre una piedra plana al lado de la choza, le entregó cada mano a uno de sus hombres, mientras él con un machete cortaba su pie izquierdo. No quiero hablar mucho de este momento, porque el dolor no puede describirse y no quiere repetirse ni en un relato.

Sentí tanta necesidad de estar con el naoma para pedir consejo, porque la furia, la desesperanza, el miedo, la impotencia, todo albergaba mi cuerpo y yo no podía soportarlo; pero el naoma no estaba allí para aconsejarme.

A mi serpiente la dejaron tirada sobre la piedra y sin ningún remordimiento se marcharon. Allí pensé que terminaba todo, que sentir la partida de Chichue sería lo último que obtendría de un camino lleno de imágenes hermosas con paisajes fastuosos, que lamentablemente se perdía entre tanta sangre y dolor, y un profundo odio hacia todo lo creado por la madre, que era capaz de permitirle a tanto ser maligno seguir caminando por este mundo. El sendero hermoso terminaba en muerte sobre una piedra.

En algún momento Mirshaya me había enseñado sobre la esperanza, cuando sentada mirando el horizonte, como le gustaba hacer, me pidió que la acompañara mientras veíamos el paisaje desde la sierra. Las gaviotas revoloteaban buscando su alimento, los vientos de un lado y del otro luchaban por decidir cuál se impondría y los árboles danzaban intentando tocarse unos con los otros. Ese día me mostró lo perfecto de nuestro mundo a pesar de las batallas que a lo lejos se libraban, y como Gauteovan estaba por encima de toda esa destrucción.

—Lo que ellos destruyan la madre lo reconstruirá una y otra vez — decía mi compañera.

Y la esperanza vino a verme cuando un blanco diferente a otros invasores se acercó a mi serpiente para intentar ayudarla. Con telas blancas contuvo la sangre y amarró su pie haciéndole una especie de curación rápida, mientras salían cucarrones negros de entre los trapos húmedos de sangre.

Algunos invasores quisieron detenerle y alejarlo de nosotros. Cuando intentaron retirarlo a la fuerza y este quiso mantener el equilibrio aferrándose al cuerpo de Chichue hizo desprender de su cintura mi mochila. La caída dejó libre el símbolo de dos palos cruzados, que guardaba desde mi encuentro con el cadáver del invasor que lo portaba.

Encontró el buen hombre una excusa para quedarse al lado de mi serpiente y auxiliarla.

—Tiene un crucifijo, ella está convertida —le gritó a los otros hombres blancos para que lo dejaran actuar.

De mala gana se alejaron los hombres, no conmovidos o convencidos, sino más bien despreciando la situación a tal punto que nos hicimos transparentes a sus ojos.

Este invasor era diferente. No por sus ropas que ya había visto en otros hombres o por el símbolo que lo acompañaba amarrado de su cuello, muy similar al que había caído de la mochila, y que también otros llevaban como naomas invasores, que no mostraban ningún tipo de sentimiento de compasión por nuestras tierras y la vida que albergaba.

A este invasor diferente lo había visto desde que nos llevaron a la aldea y sé que los otros invasores lo llamaban fraile.

El fraile la tomó entre sus brazos y la llevó a mi lado. Luego soltó las cuerdas que me ataban al árbol y en silencio me ayudó a mover a Chichue tomándola de un brazo mientras yo la llevaba del otro con la poca fuerza que me quedaba.

Casi todo el esfuerzo recaía en el fraile que mostraba rasgos de un jaguar, pero que a medida que nos alejábamos de la aldea se veía más como un hombre. No tuve tiempo de comprender que nos habíamos escapado. Tan de repente, sin ni siquiera planearlo, sin soñar con hacerlo porque la muerte ya nos invitaba a cruzar por los nueve pueblos.

Avanzamos cuanto pudimos, así los cuerpos estuvieran agotados. Al límite de nuestras fuerzas logramos alejarnos bordeando al Tequendama, hasta que la distancia nos permitió descansar en un lugar del río donde el agua se mostraba más apacible.

En todo el trayecto no pude dejar de pensar constantemente en la transformación del fraile de jaguar a hombre. Yo ya había visto al abuelo, al padre y ahora se me presentaba el hijo, que compartía de su familia el espíritu del jaguar, pero que a diferencia de estos parecía controlar su apetito de destrucción y utilizar sus habilidades para curar las heridas. Aun así, se mostraba confundido entre cumplir su misión como invasor y cumplir lo que su propia naturaleza le dictaba.

Avanzaba de un lado al otro intranquilo sin saber bien qué hacer. Sin saber si arrepentirse o emocionarse por redimir sus malas acciones. Él venía corrompido como el abuelo y el padre, bajo la promesa del poder sobre otros para dirigirlos a su voluntad, y ocultaba una naturaleza más oscura, que le dictaba a muchos destruir el mundo sostenido desde el mar por los cuatro hijos que acompañan la creación de la madre.

Para mí, en ese momento, representó la esperanza de sobrevivir a toda esa destrucción. Si en sus manos aún estaba elegir, tal vez todos los que tenían esa facultad podrían elegir el sendero adecuado de vida, por encima de aquel que se alimenta de la destrucción.

Sería un misterio cuál camino tomaría el fraile y aunque le hice una pregunta que sé que me entendía, porque era evidente que dominaba algunas palabras en mi lengua, fue una de esas preguntas que se convierten en fantasmas porque no son contestadas.

—¿Por qué su gente vino a destruir mi mundo? —fue mi pregunta.

Sin respuestas y con muchas otras dudas, el fraile nos dejó al lado del camino desapareciendo sigilosamente como lo hace un jaguar en medio de la niebla helada de la mañana. Mi serpiente y yo vimos como partía. Ella se apoyaba en mí con sus manos y sostenida en tierra por su única pierna completa, mucho más recuperada luego de la curación practicada por aquel jaguar.

No estuvimos solos mucho tiempo. Poco después de la partida del fraile nos encontramos con un grupo grande de hombres que reunidos representaban a todas las tribus de cada territorio. Su meta era bien clara, expulsar definitivamente a los invasores porque los cuerpos ya no aguantan más como los desgarran y las mentes no soportan más como irrespetan y destruyen nuestras tradiciones y el conocimiento que nos une a la madre de este mundo. Nos ayudaron y nos permitieron acompañarlos, mientras yo cargaba en la espalda a mi serpiente. Allí escuché de una cacica que los comandaba, pero que no podía ver porque avanzaba en la punta de una flecha de hombres que alcanzaban los quince mil. Nunca había visto tantos guerreros juntos ni había experimentado el preludio de una batalla tan grande.

Mientras la flecha avanzaba se podían escuchar historias sobre la cacica que la comandaba. Cómo los invasores habían quemado a su hijo vivo y cómo ella, una madre envuelta en dolor, había tomado venganza. Yo también conocía de sentimientos oscuros porque los había sentido tras la muerte de mis padres, la destrucción de mis tierras, las aves de la ciénaga que paradas en un árbol no me dejaban descansar y el sufrimiento infringido a mi serpiente, todo a manos de los invasores. Si esta era la batalla definitiva, dejaría que todo ese dolor me trasformara en jaguar para despedazar con mis propias garras a los invasores.

Dos días después de unirnos al grupo de guerreros, veíamos finalizado el viaje. Me tranquilizó saber que ya no seguiríamos caminando grandes distancias, porque la pierna de Chichue, ahora ennegrecida, parecía volver a enfermarla y mi espalda estaba muy cansada por cargar un cuerpo y cientos de pensamientos que se transformaban en piedras duras y fijas del otro lado de mi piel.

Cuando le di de beber agua a mi serpiente y le limpiaba con mi ropa el sudor que le escurría por la frente, logré divisar a la cacica mientras preparaba la estrategia de batalla. Ella introducía en su boca una bola azul como lo hacían otros jaguares legendarios.

Era la primera mujer que veía transformarse en jaguar. La flecha de hombres que la acompañaba pronto la siguió en su transformación. Para ese momento, mi propia sed de venganza, alimentada por el estado de Chichue que parecía arder desde adentro, me convirtió a mí en ese animal.

Quince mil jaguares atacaron a los invasores. Estos parecían estar avisados y preparados para la batalla. Traían sus tiraderas con truenos aún más fuertes y se contaban por miles.

Los invasores también se presentaron como jaguares. Un poco más grandes y movidos por la ambición, que es un sentimiento aún más poderoso porque es sigilosamente preparado, a diferencia del que nos trasformaba a nosotros que se engendraba desde las entrañas de nuestro cuerpo sin lugar a preparaciones.

La escena era vigilada y disfrutada por el abuelo y el padre jaguar que dieron la indicación para que iniciara la matanza, que hacía ver a mi anterior experiencia en batalla como algo insignificante en tamaño y proporción. Supongo que así funciona la guerra.

Parecía que dos mundos enteros chocaban y era evidente que ganaba el que demostraba más fuerza destructora.

La cacica combatía como cualquiera de sus guerreros con fiereza y determinación. Yo sentí que debía hacer lo mismo. Recosté a Chichue sobre las ramas de un árbol bajo y saqué mi macana. Ella parecía consumida por el dolor y el negro de su pierna enferma, aun así me sonreía dándome su aliento y aprobación.

A pesar de la curación hecha por el fraile, hay cosas que al parecer no se pueden curar, y el mal que hacían los invasores ya estaba hecho y dejaba su marca tanto en la pierna de mi serpiente, ahora llena de cucarrones negros, como en el alma de los dos.

Quise combatir sin desprenderme de su lado, así que mi campo de batalla fue el que estaba al lado del pequeño árbol donde ella reposaba para que no pasáramos por una despedida con la angustia de no saber si volveríamos a encontrarnos.

Cuando yo más enfurecido atacaba a todo invasor que se cruzaba por el árbol, vi como moría la cacica atravesada por miles de truenos que sacudieron cada parte de su cuerpo.

Lo extraño es que, por un instante y como si se tratara de un viaje espiritual, pude ver a una especie de zipa de los invasores sentado en su trono a distancias muy lejanas de nuestras tierras. Él era dirigido también por el abuelo y el padre, y en su hombro portaba una mochila parecida a la mía. De ella no sacaba lo que poco a poco iba necesitando, como en varios momentos tuve que hacerlo yo, sino que la ambición le ordenaba sacarlo todo en un solo intento.

En el momento en el que el zipa invasor volteó la mochila para desocuparla, sucedió lo ocurrido en el relato del naoma y la mochila de Aldauhuiku[9] que dejó caer Seijaldankua. Todos los males salieron e invadieron el mundo. Pero no era la primera mochila que se intentaba desocupar por completo a manos de la avaricia. Era una historia repetida en muchos tiempos diferentes, desde que la madre trajo a todos sus hijos a este mundo.

La visión pasó y lo siguiente que vi fue el cuerpo de la cacica cayendo, ya sin vida, muy cerca del lugar donde me encontraba. Con ella se derrumbaron mis ganas de seguir luchando en este tipo de batallas de jaguares que parecen desorientados. Cuando ella rodó por el suelo, sin vida, entendí las palabras del naoma cuando hablaba de los invasores y el poder que tenían. Un poder tan grande que haría falta unir a todos los pueblos para combatirlo. Por ello sus esperanzas siempre estuvieron puestas en conseguir la ayuda divina. Pues sabía lo difícil que sería darle un propósito común al hombre, en el que los intereses individuales y manipuladores de unos pocos no se impusieran.

Solté mi macana, tomé la rama de un árbol para crear un puente hasta mi abuelo, le di un fuerte abrazo, como yo mismo me lo había prometido, y luego me dirigí hacia lo que más añoraba, la serpiente que me necesitaba más que la batalla.

---

9   Aldauhuiku - En los relatos kogui, pueblo descendiente de los tairona, Aldauhuiku tenía una mochila en la que guardaba fieras y alimañas. Seijaldánkua, otro dios, se ofreció a ayudarlo para permitirle descansar. Éste dejó caer la mochila y todos los males de la humanidad escaparon para poblar el mundo.

Cuando me senté a su lado, ella ya casi partía a otro poblado. Al lugar donde deben ir los que se van de nuestro lado en busca de la madre.

La tomé entre mis brazos y aunque ella pensó que me despedía, cuando tocó débilmente mi pecho con su mano advirtió la sangre y supo que no la dejaría partir sola, que yo partiría con ella. Que después de conocerla en este mundo los que vinieran siempre nos verían juntos.

Dulces melodías de ocarinas empezaron a sonar, como en el baile de la ceremonia en la que me convertí en guardián, y ya saben que ese sonido me encanta.

Al pensar en todo lo vivido en esta historia, desde el baño en la vasija mal elegida por mi abuelo hasta el abrazo en el árbol pequeño, siento que era inevitable que pasara todo lo que sucedió, no porque ya estuviera escrito, sino porque era el camino que necesitaba cruzar para comprender algunas cosas de este mundo.

La esperanza que muchos colocaron en mí, parecía desaprovechada porque no logré el cometido de encontrar a los dioses para implorar su ayuda. Ni siquiera logré cuestionarles por su abandono.

Aunque a estas alturas del viaje, cuando ya ha culminado, la esperanza no debería perderse o de lo contrario no habría nada que haga movilizar a mi pueblo y nada que les permita a mis amigos seguir luchando. El intento en el pasado ha fallado, pero espero que aún exista la oportunidad en el presente y en el futuro. Es cuestión de esperanza.

Y aunque ahora me acompaña mi serpiente lamento no ver más a Mirshaya. Fiel compañera de aventuras de niñez y de juventud, que compartió conmigo la alegría de crecer y empezar a descubrir nuestro pequeño mundo. Mi amor no puede ser compartido y así los recuerdos siempre ronden mi mente, el vínculo con Chichue es mágico e indestructible. Solo quisiera haberme despedido de mi amiga observándola a los ojos para hacerle entender que había sido importante en mi vida, así ya no hiciera parte de ella.

Al final de mi viaje no pude encontrar respuesta a la pregunta que nos hicimos en la cima fría de mi sierra. Espero que Mirshaya y Kuismei logren preguntarle a Gauteovan el porqué de su desidia y puedan convencerla de ayudarnos para frenar esta destrucción insensata.

Si ha de servir mi historia en este viaje, ojalá sea contada por alguien más habilidoso para narrarla que mi abuelo, que no sabe contar historias.

NARRACIONES

de

KUISMEI

CAPÍTULO IX

LA MADRE SEÑALA A TRES GUARDIANES

El amanecer llamó a todos para que despertaran, pero la noche ya había hecho lo mismo conmigo. No dormí deambulando por el pueblo sumergido en pensamientos confusos. Recordaba a mi familia y su partida involuntaria, experimentaba la emoción de encarnar a un guardián del equilibrio, justificada en la esperanza de un pueblo entero, y me dejaba poseer por los deseos incesantes de revelar la acción justiciera de un guerrero que acabara con los sueños invasores que pretendían destruirnos.

Observé el sol y luego el suelo de la sierra y más allá. Advertí que la tierra negra, fértil, ahora tomaba un color rojizo que la hacía estéril. La sangre y las ganas de explotarla sin sentido ni respeto marcaban el suelo con un símbolo de muerte.

Un poco más tarde la ceremonia inició con sus tres protagonistas y un pueblo que añoraba el resguardo de Gauteovan como madre protectora.

Una vez más, no sé cuántas habrán sido, tuve que salvarle de un error.

Nakua se acercaba lentamente a una vasija que no le correspondía. Le hablé, lo tomé del hombro, suspiré y lo aproximé a su verdadero destino.

Era un tonto que respetaba y admiraba como solo se le puede respetar y admirar a un hermano. Unidos por un territorio, por nuestros ancestros, por un título de guardianes proferido por nuestro naoma y por una historia de pérdida en la que nuestros seres más queridos habían caído inermes a manos de los malignos invasores.

Si pierdes dos hermanos y a tu padre por culpa de los pensamientos retorcidos de los hijos del mal, que deciden arrancarles cada una de sus extremidades, te sientes solo y desprotegido. Esos eran los sentimientos que me acompañaban desde los nueve años, apaciguados solo por la amistad que siempre me ofreció aquel despistado y la orientación y consejo que me concedieron cada día Namyu y Sinnaca.

Yo estaba emocionado. Por fin llegaba el momento que esperábamos hacía semanas, cuando Sinnaca, nuestro naoma, proclamaba al pueblo los nombres de tres muchachos que traerían el equilibrio en esta guerra tan desigual entre los blancos invasores y nuestra gente, protectora de estas tierras.

Un estremecimiento semejante solo lo experimenté, cuando de niño, observaba a los manicatos caminar por pueblos vecinos preparados para proteger la tierra de cualquier peligro o agresión venida de fuera de nuestras fronteras.

Los admiraba profundamente por el coraje que emanaban y que dejaba en el aire un manto de respeto, que solo los invasores fueron capaces de romper.

Mi pueblo nunca funcionó bajo el dominio de la guerra. Tranquilos y en armonía con la madre de todo, en nuestra naturaleza no estaba la guerra, pero los manicatos eran fuertes guerreros que utilizaron sus habilidades en lucha cuando fueron provocados y eran llamados a reaccionar como única alternativa para resguardar a su pueblo.

Ya en la vasija de barro fantaseé con acabar con mi macana uno a uno a cada invasor postrándolos en el suelo para arrancarles el cabello y colocarlo en mi cintura como trofeo de batalla, tal como era costumbre en los manicatos.

Sinnaca me habló la noche anterior a la ceremonia. Sabía que llevaba años preparando mi mente y mi cuerpo para cumplir la misión de ser un guerrero que preservara las tierras de la sierra blanca. Era una fantasía normal si de pequeño ves cómo se deshace tu vida de inocencia cuando desintegran los cuerpos de tu familia.

La conversación fue agradable. Como la tendrían un par de amigos sin importar la edad que nos separaba. Creo que él veía en mi determinación sus propios impulsos juveniles que, ahora, apagados por los años, querían renacer en el ímpetu de otro cuerpo más fresco.

Esa noche me relató aventuras que compartió con Narryu y que yo comparé de inmediato con las vividas con Nakua, desde que disfrutábamos de creernos personas mayores, a los nueve años.

Luego de las narraciones la situación se puso más seria. Tomándome del hombre exaltó mis virtudes como guerrero y lamentó que yo no hubiese vivido en los tiempos de grandes y legendarios manicatos.

—Seguramente habrías sido de los mejores que pisaran las tierras de la sierra —me dijo Sinnaca mientras me veía fijamente a los ojos.

Mi pecho se infló y parecí volar con las corrientes de la sierra ante los halagos provenientes de un naoma tan sabio como Sinnaca. Pronto descendí al nivel del suelo cuando, con cariño propio de un padre, me advirtió que mi coraje no se probaría en el campo de batalla sino en la hostilidad de la vida que da cosas y también te las quita.

—Tal vez tengas batallas, de esas en las que quieres con tantas ansias participar, pero tendrás otras que nunca pensaste enfrentar —dijo Sinnaca mientras entraba en el templo y me dejaba solo y perdido sin entender nada de sus últimas palabras.

Seguramente se había equivocado de guardián del equilibrio, porque yo no era muy bueno para entender ese tipo de frases tan elevadas y trascendentales. Susurrando, y con la pequeña rabia de no comprender lo que me dijo, quise gritarle cuando ingresaba al templo que yo no era Nakua ni Mirshaya para poder adivinar los acertijos que esconden sus palabras.

A pesar de lo dicho la noche anterior, en la vasija yo seguía fantaseando con batallas épicas donde el gran Kuismei liberaría del mal invasor a nuestras tierras como Búnkua, hijo de Gauteovan y héroe en narraciones de Sinnaca dentro del templo, enfrentó a otros dioses para castigarles su desviado comportamiento.

Los cánticos de todos los pobladores acompañaban las imágenes fantaseadas en mi mente, nutriéndolas de más realismo y fuerza, y apartándolas de su naturaleza fantástica para convertirlas más en preludios de tiempos ya vividos y otros que vendrían.

Una orden de Sinnaca se escuchó de fondo. Pidió a unas mujeres que nos alcanzaran nueva ropa seca y a nosotros que saliéramos de las vasijas para proseguir con la ceremonia.

Mirshaya y yo salimos comprendiendo la premura de la orden, pero Nakua ensimismado entre sus propias reflexiones, como suele pasar, no atendía el llamado. Como buen amigo tuve que ayudarle. Quise tocarlo para despertarle; sin embargo, no estaba lo suficientemente cerca para alcanzarle con mi mano. Entonces le hablé y las palabras las acompañé con una piedrecita que tomé del suelo como extensión de mis dedos. La lancé justamente en su cara.

Fue divertido verle la cara arrugada por la furia rememorando, seguramente, otros momentos en los que sufrió por mi acertada puntería. Siempre decía que era pura suerte y no el resultado de largos entrenamientos. Sospecho que en aquel momento lo estaría expresando entre dientes o en sus pensamientos.

Al siguiente instante ya nos quitábamos la túnica empapada para colocarnos la ropa limpia y seca. Los tres guardianes, desnudos uno al lado del otro, preparándonos para cumplir una misión que yo no comprendía muy bien, pero que le permitía a mis visiones de justicia endurecerse como lo hace el oro luego de que toma la forma de nuestras creencias.

Fue necesario apagar el fuego, uno diferente al que derrite el oro, para alejar a Mirshaya de mis pensamientos. Intrusa entró sin pedir permiso gracias a ese cuerpo que parecía tallado por las manos de Gauteovan. Un pequeño lago resplandeciente. Uno en el que cualquier hombre querría sumergirse. Tuve que apretar los puños y desviar la mirada porque no quería enfurecer en serio a mi amigo Nakua. Lo de una piedra en la cara lo soportaba, porque así somos los amigos, pero desear a la mujer que él amaba era entrar en caminos muy oscuros y ante todo valoraba su hermandad y no quería destruirla.

Intenté, entonces, admirar y desear otro cuerpo, pero alrededor solo las mujeres más viejas de la comunidad rozaban mi piel para ayudarme a vestir. Suficiente para terminar de sofocar el fuego.

El resto de la ceremonia no fue muy interesante. Cuando quieres salir a la guerra carecen de importancia otras cosas de la vida, porque hasta la vida se deshace de su sentido cuando aspiras acabar con la de otros.

El único instante que me alejó de los pensamientos destructivos, se presentó cuando los tres guardianes bailamos juntos rodeados por el resto de los pobladores. Mi cuerpo pesado y grande se dejó llevar por los sonidos de las ocarinas, convirtiendo un gran tronco de macondo en una hoja que se desprende de sus ramas para girar libre, sostenida solo por el viento.

La ceremonia terminó cuando Sinnaca se acercó a las tres piedras donde bailábamos. Nakua se lanzó irrespetuosamente a saludarlo, mientras Mirshaya y yo nos dirigimos hacia él con mucha más reverencia, aunque los pies y las manos me picaban al retenerlas por querer hacer lo mismo.

Nuestro naoma pronunció unas palabras, de esas que yo no comprendía muy bien y que solo lograron emocionarme cuando nos abrazó y luego nos comparó con la mano de Búnkua, el dios con el poder de castigar a otros dioses. Por un momento dedicó palabras dirigidas solo a mí. Seguramente tomando la posición de un padre que ve marchar a su hijo sin saber si un reencuentro será posible.

Sin ser naomas nos regalaba la facultad de castigar al que no cumple la ley de la madre de todo.

La historia de Búnkua la conocía desde niño cuando Sinnaca en el templo la narraba exponiendo sus cualidades como orientador para alcanzar la armonía con el universo y como él había dado las pautas para la conducta adecuada de los naomas y el resto de los hombres.

Cuando, de niño, Namyu me contó que mi padre y hermanos habían muerto, mientras me tomaba de la cabeza para no dejármela caer por el dolor que sabía me estaba desgarrando el interior de mi cuerpo, empezó a germinar en mi mente la idea de hacer justicia como lo haría un héroe como Búnkua. Y desde allí quise preparar mi cuerpo y alma para convertirme en un guerrero manicato que pudiera impartir justicia a cualquiera que no cumpliese con las normas que traían el equilibrio, así fuese más grande o poderoso que yo.

Namyu también se acercó hasta nosotros. Nos dio cinco mochilas y luego habló muy pasito comentando algo que se relacionaba con tres jaguares.

Yo seguía embelesado con la idea de ser como un naoma sancionador recordando que Sinnaca me había contado noches atrás, a manera de secreto, que Nakua no era el único a quien la madre señaló con las cualidades para ser un naoma.

Me narró como hubo un tiempo en el que las aves le advirtieron del nacimiento de tres niños que podrían llegar a convertirse en grandes chamanes. Sinnaca esperó pacientemente los nueve meses en los que tres mujeres del poblado llevaron su embarazo. El mismo día, aunque a diferentes horas, las tres mujeres parieron a dos niños y una niña.

La primera en parir fue la madre de Mirshaya. Recién el sol saludó al mundo. Luego parió mi madre, cuando la noche acabó con la luz del día. Y justo unos minutos después, nacería Nakua.

Sinnaca afirmaba que sería este último en nacer el que luego los ancianos eligieron como futuro naoma, porque actuaba de una manera inquieta como queriendo conocer y conectarse al mundo que lo rodeaba. Mirshaya solo lloraba, además de ser una niña, lo que la descartaba por completo porque no hay naoma mujer y yo me mantenía inmóvil sin mayores preocupaciones desde que mi madre me estuviera alimentando, lo que hacía parecer que nada más me interesaba en este mundo. No era tampoco un candidato.

Según Sinnaca nunca entendió por qué las aves le anunciaron tres posibles naomas, pero poco a poco, al vernos crecer, reconoció las cualidades que nos acompañaban.

Cuando Nakua renunció a transformarse en un naoma tras la muerte de sus padres, a los nueve años, ya era muy tarde para mí recibir la preparación que debía hacerse desde los primeros años de vida en un encierro casi total.

El preludio de las aves había tomado sentido para Sinnaca en los últimos años cuando vio en nosotros tres la posibilidad de emprender la tarea abrumadora de buscar el equilibrio ante tanto intento fallido de vencer a los invasores. Eso lo impulsaba a creer, y ahora a mí me movía para cumplir el sueño de la infancia de ejercer el poder castigador de Búnkua sobre todo nuestro territorio.

Con un abrumador vacío me despedí de Sinnaca viéndole a los ojos, mientras Mirshaya hacía lo mismo con su padre.

No hubo más palabras ni abrazos. El cuarto compañero fue el silencio que seguía cada paso que dábamos en medio de una noche oscura y fría.

CAPÍTULO X

UN CAMINO FRÍO Y LÚGUBRE

El recorrido que se nos revelaba con cada paso y mirada hacia el horizonte no fue nada fácil. Lo soportaban mis amigos engrandecidos por la tarea que todo un pueblo les confiaba. En cambio, mi fuerza residía más en el deseo de castigar a esos seres grotescos, diferentes a mi pueblo y con ansias locas de dominarnos. Me movía también el ver a mis amigos vulnerables a las penurias que teníamos que sortear, impulsado por ser un protector que los cubriera de cualquier peligro.

El frío era lo más aterrador. Irrumpía entre las piedras, los árboles, el cielo y el suelo. Intentaba comportarme como un guerrero soportando cada paso que dábamos sin mostrar con palabras o gestos la incomodidad que me generaba. En el fondo sabía que aún no lo era. Practicar con árboles jugando a herirlos de muerte y hacer crecer los músculos del cuerpo para soportar embestidas y dificultades no me convertían inexorablemente en un guerrero.

Quise demostrarle mi hermandad a Nakua permitiéndole calentar su cuerpo con el fuego que le hacía arder. Yo sabía que esos dos se deseaban el uno al otro y qué mejor gesto de amistad que permitirle a un amigo, en medio de las dificultades, experimentar momentos, así sean efímeros, de felicidad. Le ofrecí mi manta, más grande que la que traían ellos, para que sus cuerpos se unieran compartiéndola.

A la mañana siguiente comprendí por qué me preocupaban tanto mis compañeros de travesía. En un momento, luego de comer arepas, nos conectamos rostro con rostro. No sé qué pasaba por la mente de mis amigos, pero la mía experimentaba un sentimiento profundo de admiración, respeto y cariño. Nos conocíamos desde niños; sin embargo, lo que nos ataba era un camino compartido con un fin que nos superaba como personas y nos tejía a todo un pueblo, que creía en nosotros como su última esperanza. Tendría que haber mantenido la mente centrada en aquella conclusión durante todo mi viaje, evitando así ser parte del quebrantamiento del equilibrio.

—Que tu mano que quiere venganza o que simplemente es insensata, porque no conoce otra cosa, no tape la otra que proclama justicia —dijo Sinnaca cuando me abrazó al finalizar la ceremonia, de manera tan tenue que solo yo le pude escuchar.

Retomamos el camino hacia un templo que Mirshaya ya conocía años atrás, desde afuera, al acompañar a su padre Nurnavi, el cacique de nuestro pueblo, a construirlo junto a otros pobladores. La meta era llegar a lo más alto de la sierra, lo que se traducía en preparar el cuerpo para recibir azotes de frío cada vez más fuertes.

Por un momento recordé una situación similar, aunque proporcional a niños de diez años. Los tres tuvimos nuestra primera experiencia viajera cuando Mirshaya quiso huir de su hogar al encontrar resistencia en el cacique para que la dejara abandonar algunas de las labores propias de una mujer y le permitiera aprender a tejer como lo enseñó Peico.

No había conocido mujer más brava que esta, determinada a buscar lo que no se le ha dado. Con sus cejas casi tocando sus ojos nos convenció de acompañarla y nosotros ávidos de aventuras, sin ninguna provisión o preparación, pretendimos bajar de la sierra a tierras más lejanas.

Superábamos una a una cada terraza que encontrábamos hasta que ya no hubo ninguna, como tuvimos que superar cada temor que representaba el descubrir por sí solos cada cosa o situación nueva. El mar, entonces, nos saludó con olas gigantescas que pretendían escalar la montaña. Si bien ya lo conocíamos, nunca lo contemplamos solos, sin el resguardo de un familiar o amigo experimentado que nos dijera qué debíamos hacer u observar.

Esa noche, sentados sobre la arena y observando el mar, decidimos no dar más pasos que nos alejaran de nuestra tierra. Como raíces de árboles, el amor por lo nuestro no nos permitía alejarnos más allá de una pequeña distancia. Nos aferrábamos como raíces al suelo con el ánimo de alimentarnos, como lo manda la madre de todo, de la tierra que nos sostiene en pie.

El último pedido de Mirshaya, esa noche, fue que en algún momento le enseñáramos a tejer como lo instruyó Peico. Por ser mujer nunca le habían permitido la entrada al templo para aprender.

Quizás este era la continuación de aquel viaje de niños. El que nos obligaba a dejar de ser raíces por un instante, para convertirnos en aves que delineaban el cielo.

Sortear obstáculos de camino a la cumbre de la sierra fue el trabajo que nos ocupó por varias horas hasta que una cueva y el mal preludio de unos murciélagos acabaron con una marcha tortuosa para darle paso a una pesadilla incesante.

No entendía ni creía mucho en augurios emanados de simples situaciones comunes. Ver volar sobre mi cabeza un grupo de murciélagos no me parecía un hecho para sobresaltarse y mucho menos alarmarme por un número en particular de estos que cruzaran por delante. Dos, siete o nueve murciélagos saliendo de la cueva no marcaban en mi mente una diferencia. En cambio, a mis amigos parecía perturbarlos de una manera insensata.

—Cuéntalos Kuismei, cuenta cuántos son —me gritó alterado Nakua.

Los observé pasar y con desdén intenté contarlos sin ningún éxito. Yo cuento enemigos para comprender cómo vencerlos, pero murciélagos que escapan de una cueva era realmente una pérdida de tiempo y esfuerzo, pensaba mientras Mirshaya cumplía la tarea que yo no tomé en serio.

Miré los rostros de mis compañeros de viaje decepcionado por la pérdida de energía en hechos tan poco importantes.

Algunas horas después no estaría tan seguro de que fuese un acto sin ningún valor. O la coincidencia había imperado en esta situación o en verdad siete murciélagos marcaban un destino o al menos alumbraban un camino más que otros.

Un viento que castigaba tus oídos con un silbido insoportable, la lluvia que se confabulaba con la penumbra para extinguir nuestras antorchas y el miedo, aún presente, de mis amigos, convirtieron el ambiente que nos rodeaba en una pesadilla digna de algunos de los cuentos de Sinnaca narrados en el templo con la intención de asustar a los niños más pequeños para que cumplieran las normas.

Una situación como esta, empieza a grabarse en el alma. Similar al cazador que marca el árbol con su cuchillo para dejar prueba de su paso, el miedo por lo que parecía develarse como el preludio de muchos infortunios y tropiezos, empezó a dejar rastros en nosotros. Por vez primera pasó por mi mente la posibilidad de fracasar en el propósito de extinguir cualquier rastro de los blancos invasores.

La angustia era evidente cuando miraba los rostros de Mirshaya y Nakua en los tenues momentos en los que las luces de los rayos que acompañaban a la lluvia, me permitían levantar la cabeza y observar lo que alcanzaba.

La prueba pareció superada cuando encontramos el templo de la montaña alta y logramos prevalecer sobre la oscuridad y la lluvia.

Dentro del templo Mirshaya realizaba un ritual y Nakua se mostraba nervioso. Su estado alterado ya me lo había traspasado, así que con algo de desespero caminé, primero de lado a lado por todo el templo y luego asomado a la puerta mientras la custodiaba.

Con la poca luz que reflejaba la luna quise mirar hacia la punta de la montaña donde parecía que se movían manchas blancas asemejándose a gigantes que se deslizaban hacia nosotros.

Mi cuerpo se paralizó por completo por la inminencia del encuentro con los gigantes. Estado que solo fue superado por los gritos de dolor que emanaban de Nakua. Volteé y lo vi tirado en el piso y a Mirshaya sobre él cubriendo sus orejas. Entre los dedos de su protectora alcanzaban a escurrirse gotas de sangre. Corrí a auxiliarlo. Lo levanté de uno de sus brazos mientras Mirshaya hacía lo mismo. Lo que en un principio pasmó mis movimientos ahora nos golpeaba con fuerza. Los gigantes blancos estaban allí y la avalancha nos llevó como pasajeros inertes sin más remedio que rendirse.

El golpe me dejó confundido, aun así, pude reaccionar cuando me vi en el suelo acompañado por mis compañeros de viaje. Mirshaya, en medio de todo, parecía estar bien. Nakua, sin embargo, estaba inconsciente. En esa oportunidad lo levanté yo solo y lo cargué huyendo de cualquier otro peligro que nos acechara.

El nuevo riesgo hizo su aparición. Un río completo nos perseguía. Vi, en una pared del templo que ya no existía, la posibilidad de improvisar una balsa. Lancé a mi amigo sobre ella y luego tomé a Mirshaya de la mano para atraerla hacia nosotros.

Una vez más nos vimos rendidos frente a la fuerza de nuestra desgracia. La corriente nos agitaba de un lado para el otro mientras bajábamos la montaña a una velocidad extraordinaria.

El último recuerdo que tengo sobre esa balsa improvisada fue el de Nakua peleando con algo que le atraía hacia las aguas revoltosas que nos impulsaban. Luego todo pareció blanco. Como los amaneceres fríos en la sierra donde la niebla se vuelve el enemigo de tus ojos y aprendes, entonces, a confiar en tus manos y pies, en tus recuerdos e instintos.

CAPÍTULO XI

EL CAMINO QUE SE TRANSITA SOLO

En un instante la niebla ya no me cubría y tampoco mis amigos hacían parte del paisaje, solo mi mochila me acompañaba.

Grité durante algún tiempo buscando respuesta de Mirshaya o Nakua. Bramidos que se fueron haciendo cada vez más tenues al no escuchar respuestas diferentes a las del viento.

Empecé a golpearme el pecho con rabia. Yo era el responsable de su protección. ¿Cómo era posible que un grandulón como yo no pudiera resguardar la seguridad de dos buenas personas como ellos? Tenía claro que a mí no me había enviado Sinnaca por conocer la forma en la que funcionaba el mundo, que había creado para nosotros la madre de todo. Yo no sabía y no entendía el huevo[10] del universo, como sí lo hacían mis amigos. Solo podía y debía cuidarlos. Era el guardián de los guardianes que no era capaz de cumplir con la tarea. La misión de nuestras vidas había fracasado y yo no efectué mi parte. La más sencilla. No merecía seguir creyéndome manicato.

Decepcionado, derrotado y cansado decidí alejarme del lugar y caminar sin pretender ir a ningún paraje. Yo no marcaba ningún rumbo, aunque el rumbo sí definía un destino.

Los pasos me llevaron al otro costado de la sierra. Atravesé un cultivo de algodón tan grande que parecía el manto

---

10   Huevo de universo - Concepto kogui del universo constituido por nueve mundos. Nuestro mundo, el de en medio, es el quinto. Sobre él, las tierras del sol y debajo, las tierras de la noche.

blanco de la misma Gauteovan. Los sentimientos infelices que me acompañaban se fueron diluyendo mientras fantaseaba con estar volando por el cielo, juego que disfrutaba desde que tenía tres años y acompañaba a mi madre a recoger el algodón.

Cuando el manto mostró su borde pude advertir la entrada a Jeriboca. Un poblado vecino en el que bien me conocían por los alardes que hacía de mi fuerza física cuando era niño.

La primera vez que mi padre me trajo tenía ocho años. Me divertí haciendo demostraciones de fuerza, cargando objetos muy pesados, y movimientos de ataque rompiendo cuanta vasija se me cruzaba como si fueran representaciones en barro de los invasores. Tras los rostros de asombro, júbilo y aceptación por parte de los pobladores vino el reclamo de mi padre. Él debía responder por mis destrozos ante las mismas personas que me acababan de aprobar.

La alegría más grande la experimenté luego del regaño, cuando al fondo emergieron un grupo de manicatos que con su movimiento de cabeza ratificaron mi buena presentación. Mientras uno a uno me fue saludando, yo observaba emocionado sus colas enrolladas en la cintura, elaboradas con el cabello de sus enemigos abatidos. Ya tendría yo la mía, me lo prometí mientras veía partir a los guerreros. Aunque un acto de mi padre les impidió alejarse de inmediato.

—Toca su cola de cabello —dijo mi padre exigiéndome la obediencia.

El semblante que acompañaba mi cara lo decía todo. Aunque emocionado por tocar uno de esos trofeos, me molestaba, como a todo guerrero, que alguien tuviera dominio sobre mí. Así fuera mi padre.

Cuando toqué el cabello me pareció áspero, pero valioso. Lo acaricié por un momento hasta que mi padre me dirigió de nuevo la palabra.

—Siempre ha estado muerto; sin embargo, ahora, en su cintura, representa en verdad la muerte de un enemigo. La gloria es pasajera mientras la muerte es para siempre. Su símbolo de triunfo no es otra cosa que la exaltación a la muerte. Aborrecemos a los invasores por traer destrucción y muerte; sin embargo, nos vanagloriamos de la que es producto de nuestras manos. Cualesquiera de los tres jaguares, abuelo, padre o hijo siempre han estado o estarán para tentarnos y no importa en qué tierras creces –dijo mientras me empujaba a seguir adelante en nuestro camino.

Mi padre como inteligente creyente de las normas dadas por la madre de todo, siempre le gustó escucharlas y luego interpretarlas. Al menos eso me decía Sinnaca cuando en algunos de nuestros encuentros me contaba sobre él. Solo alcancé a disfrutarle en mis primeros años de vida. Él aprendió eso del abuelo de Nakua y por ello, seguramente, mi amigo parecía tener un comportamiento similar al que me cuentan, mostraba mi padre.

Sin importar los argumentos, cuando supe de la muerte de mi padre la fascinación por tener una cola de cabello creció en mí como las llamas en una hoguera de ira. Y en ese momento más que nunca el cabello que representaba muerte para los invasores blancos, pareció justo pago por la muerte de mi padre.

Muchas otras veces regresé a ese pueblo desprovisto de la compañía y consejo de mi padre. En cada una de ellas deseé tenerlo cerca al menos para que me regañase por cometer imprudencias y para que me explicara cosas aun cuando no las entendiera de inmediato.

Al entrar al pueblo luego de disfrutar el velo blanco me vi sorprendido. El pueblo entero estaba reunido y junto a ellos un grupo de guerreros invasores en sus animales altos que llamaban caballos.

El impulso me empujaba a abalanzarme sobre estos para llevarlos al mundo de los muertos, pero la razón, algo escasa en mí, me impidió cometer tal imprudencia. Ellos, como cincuenta, y yo solo. No era imprudencia sino estupidez.

Me oculté al lado del templo. Uno de los más feroces invasores sacó una cuerda dura, larga y pesada de la que se desprendían otras tres. Sus palabras incomprensibles para la mayoría de nuestro pueblo, parecían rugidos de un jaguar desconocido.

Con furia descargó su cuerda sobre tres pobladores que arrodillados y de espaldas, vieron arrancados de su cuerpo pedazos de piel, que volaban sobre sus hombros tras cada golpe, y de su alma, su dignidad.

Nadie hizo nada. Nadie podía hacer nada ante la superioridad de los invasores con sus truenos y perros feroces. Los brazos estirados y los puños apretados eran la única manifestación de ira y frustración que los pobladores podían manifestar ante estos engendros y yo, oculto al lado del templo, solo podía reflejar la misma posición.

Los golpes parecieron eternos. Solo me quedó caminar en pequeños círculos de desespero, arrinconado por la posibilidad de que me vieran. Cuando los tres cuerpos cayeron, destrozados, sobre el suelo, paró el martirio. Tres hombres ahora iniciaban el viaje por los nueve pueblos. Todos al morir tendremos que cruzarlos; sin embargo, los invasores adelantaban el viaje de miles de nosotros sin ningún remordimiento.

Tomaron sus animales altos y se fueron marchando dejando, como siempre, un rastro de odio y sangre fétida que nadie que lo haya experimentado puede borrar.

Las mujeres del pueblo se acercaron a los cuerpos sin vida, a la vez que lloraban la partida de sus seres queridos, desgarradas en sus corazones como la carne de los huesos de los ahora difuntos.

Por su parte, los hombres se aglomeraban para discutir lo sucedido. Gritos de protesta se alzaban a la par de los brazos, mientras la furia se acumulaba como se amontonaban las personas.

Ese era mi llamado. Salí de mi escondite para unirme a la flama de sentimientos que se alzaba desde el pueblo. Cuando pones a arder un tronco escuchas crujidos. Allí, ese sonido, se asemejaba más a una manada de jaguares ensoberbecidos y listos para atacar.

Esa tarde, sin que nadie tuviera que dar la orden, cada hombre del poblado ordenó su casa por si no pudiera regresar nunca más y alistó con todo detalle el arma que dominaba. Tiradera, macana, flecha o lanza imperaban sobre cualquier otro elemento. Solo los niños pensaban en cosas diferentes y jugaban a corretear, inocentes de lo que sucedía.

En mi mochila traía la macana que yo mismo había tallado y con gran entusiasmo la mostré a los otros que me acompañaban. Ya no era el único que fantaseaba con destruir de la manera más despiadada a los invasores. Allí era un sueño compartido y alimentado por los deseos de vengar, de una vez por todas, a nuestros muertos para que prosiguieran su camino sin el obstáculo de sentirse deshonrados.

Mientras limpiaba la macana y comía guanábana dejando de lado un poco la exaltación, decidí preguntarle a un muchacho que disfrutaba de la misma fruta y que llamaba mi atención porque conocía algo de la lengua de los invasores, luego de vivir un tiempo junto a ellos como esclavo, el porqué de las acciones de los blancos en contra de los tres hombres sacrificados.

—Escuché que utilizaron una palabra extraña. Pecadores gritaron en su lengua y luego hablaron de un demonio —me contestó.

Me aseguró que los invasores le temían a un tal diablo y que todo lo que no proviniera de ellos, era representación de ese ser maligno.

Comentó que le odiaban por ser malo y aborrecer la creación de su dios. Luego sonrió explicándome lo incomprensible de la idea.

—Lo odian sin comprender que ese mismo sentimiento es el que le cuestionan al diablo —dijo mi compañero.

Una vez más no entendía lo que me hablaban, aun así, decidí reír con él para no quedar en ridículo.

Luego de que la risa se apagara, tuve un momento para usar mi mente y comparar el odio de su diablo y el de ellos mismos con el que representaba el jaguar abuelo del que contaba historias Sinnaca en el templo. Era bueno, luego fue malo porque quebró la ley de la madre y lo embargó el rencor a tal punto de amenazar con volver a destruirlo todo. Bueno eso narraba Sinnaca, aunque yo no le ponía mucha atención a esas historias que parecen dirigidas a niños pequeños y asustadizos.

—Somos un pueblo de jaguares. Aceptamos que abuelo, padre e hijo cometieron una falta mas hacen parte de nuestra historia y tenemos que lidiar con ellos, y a diferencia de estos, aprender a controlar nuestras acciones. Son un ejemplo de lo que somos y de aquello en lo que no nos podemos convertir – habló Sinnaca una noche de esas en las que contaba historias de ancestros en el templo.

Esas palabras y las del muchacho se cruzaban en mi cabeza y no las podía ordenar. Decidí dejar de pensar en cosas que no me gustaban y no me interesaban. Tomé de nuevo mi macana y continué limpiándola sin desgastar más los pensamientos.

Luego la conversación se centró en la razón exacta por la que los invasores blancos habían dado muerte a los tres hombres.

—Uno de sus frailes, como los llaman, le escribió a otros como él que nuestros hombres pecaban. Nosotros le dimos entrada a nuestro pueblo y confiamos en su buena voluntad. Creímos que solo venía a hablar de su dios e inclusive algunos escuchaban sus relatos al tiempo que practicaban su lengua – me continúo explicando.

Contó que al fraile le molestaba ver como los hombres se reunían en el templo, unos muy cerca a los otros, en medio de una hermandad que nos une y que aprueba la madre de todo.

No saben nada de nosotros y se atreven a juzgarnos como si fueran nuestros naomas. Ven diablos en todos nosotros y no advierten la sangre que mancha sus propios mantos. Además, los invasores lo único que saben de hermandad es cómo separar a los hermanos y destruir familias y pueblos, pensé mientras guardaba la macana en la mochila.

Caí en cuenta que eran palabras inteligentes que valía la pena compartir con otro. Cuando me dispuse a repetirlas en voz alta ya nadie estaba a mi lado. Perdí la oportunidad de dejar de parecer solo un fortachón sin mucho que aportar aparte de la fuerza física.

La noche entonces se hizo preludio de la oscuridad a la que me internaría a partir del siguiente día.

Desde muy temprano avanzamos un grupo grande de hombres. Se pensaría que la serenidad de la noche habría calmado, al menos un poco, los deseos encendidos de venganza; sin embargo, avivados aún nos impulsaron a movernos tan pronto el sol salió.

Repasé a cada paso que daba lo que haría al tener frente a mí a uno de esos invasores blancos. Parecía una interminable fantasía que empezaba a tornarse tormentosa, porque se apoderaba de la mente sin darme un solo respiro. Vivía para cumplirla y no importaba nada más en todo el mundo. Ni siquiera la ausencia de Mirshaya y Nakua ocupaba ya un espacio en mi cabeza, aun cuando desconocía su paradero y su suerte. Tan fácil se pierde la facultad de ser humano en medio de la guerra que historia, familia, amigos y otras necesidades que en cualquier otro caso me acompañarían a diario, no se asomaban en una mente aferrada solo en la venganza.

Fue un trayecto lleno de los vacíos propios de la tierra árida que atravesábamos. El horizonte era un reflejo de nuestra propia alma desalojada de los sentimientos diversos que experimenta un hombre.

A lo lejos ya se podía divisar un poblado de blancos. Proseguían su vida sin ningún remordimiento por lo que le hacían a la nuestra. Algunas mujeres reían, mientras adquirían cosas en una especie de mercado, y los hombres fanfarroneaban entre ellos sin hacer nada importante. Los niños jugueteaban imitando los comportamientos ruines de sus padres. La vida de ninguno de ellos parecía trastocada por el mal que sembraban sobre nuestro suelo.

El hombre que comandaba nuestro ataque y del cual, en ese momento, desconocía su nombre porque carecía de importancia, dio la orden de prepararnos para el asalto. Él sacó su macana y nosotros le seguimos. Poco a poco nos acercamos en completo sigilo, similares a felinos que estudian su presa, listos a darle muerte para satisfacer el hambre. Me creía un jaguar con la fuerza suficiente para dominar mi presa sin darle ninguna oportunidad a escarpar. Después supe que la comparación no era la correcta.

—Ese animal, como otros, mata porque hace parte de su naturaleza. Si no mata, muere y vive para matar, porque eso representa la existencia para su especie. No hay forma de escapar. No es malo porque es el único camino que tiene —nos dijo Namyu alguna vez, al recibirnos en el pueblo tras un viaje, y luego de que Nakua le contara como ambos vimos un jaguar que caminaba sobre espejos.

—El jaguar que en verdad es malo es aquel que puede evitar el camino perverso, pero decide transitarlo para saciar un hambre falsa, que él mismo inventó — finalizó su explicación el abuelo de Nakua.

Era hora de entrar en el poblado blanco y transitar un camino con pisadas de jaguar. ¿Qué tipo de jaguar sería?, pensé, mientras apretaba con las dos manos la macana.

CAPÍTULO XII

CERCADO POR LA GUERRA

La orden se dio y un puñado de hombres arremetió contra el poblado.

Alzamos nuestras armas y gritamos para sobreponer nuestra presencia a la suya. Los blancos, sorprendidos, se ocultaban unos detrás de los otros. Rompíamos su tranquilidad como ellos habían quebrado nuestro orgullo. Era cuestión de equilibrio.

Veíamos un cúmulo de sombras oscuras delante de nosotros lloriqueando y suplicando por su vida. Todos mis compañeros de ataque sonreían al escuchar en lengua de blancos los pedidos de no hacerles daño.

Una mujer blanca se derrumbó a mi lado con la cabeza destrozada por el golpe contundente de mi macana en su cabeza. Los dedos de sus manos justo rozaban mis pies y aunque se movían sutilmente, de a poco se fueron apagando.

La toqué con mi pie explorando si aún albergaba vida en su interior, pero no respondía al contacto. Me sentí devastado. Fantaseé mil veces con matar invasores; sin embargo, sentir su muerte tocándome la piel me hizo recorrer por todo el cuerpo una sensación incómoda.

Por primera vez noté la diferencia clara entre golpear y delirar con la muerte de un saco lleno de maíz o un árbol a manera de invasor, juego de niño, a sentir la carne viva y sangre aún caliente de un ser vivo que dejaba esa condición a manos de otro hombre. Mis propias manos.

Cuando pude reponerme alcé la mirada y entonces noté que los compañeros de guerra copiaban mis acciones, esta vez dirigidos hacia niños, ancianos y otras mujeres que, de pie o arrodillados, veían venir su muerte encarnada en estos pobladores ancestrales de la sierra convertidos a la fuerza en guerreros despiadados.

—Yo no tendría que ser quien soy ahora, si ustedes no fuesen los monstruosos invasores que laceran nuestras tierras y a nuestros pueblos —grité mientras intentaba ocultar el sonido de los cráneos rompiéndose a mi alrededor.

Quería darme aliento y justificar las acciones que ahora observaban mis ojos, pero en un último intento de cordura se me vino a la mente la imagen de inocentes niños jugando en la sierra. Tres niños, hace ocho años, mis amigos y yo, inocentes de una guerra, correteando juntos entre terrazas, imaginando ser dioses legendarios.

La guerra tiene la facultad de hacer vivir solo el ahora, así que me trajo de vuelta con el sutil ardor que me propinó uno de los niños invasores con una espada más grande que él y con la que logró raspar el costado de mis costillas. Supongo que fantaseó matándome como fantaseaba yo en Jeriboca rompiendo vasijas de barro al lado de mi padre.

Tomé del cuello al chiquillo para apretujarlo con mis manos, mientras su padre gritaba intentando persuadirme de que lo soltara. Eso pensé en un principio, luego descubrí que sufría por la posibilidad de que yo rompiera un espejo que se encontraba a nuestro lado, colgado cerca de la entrada de su casa. El hombre blanco, que quiso salvar un espejo colocándolo por encima de la vida de su hijo, al que no pretendió defender, se marchó corriendo para evadir la muerte que luego le encontró a unos pasos más adelante.

El espejo era el más grande que nunca hubiese visto. De niño ya había contemplado varios, mucho más pequeños, y nunca les di mayor importancia a pesar de que a otros les encantaba ese objeto extraño traído de las tierras lejanas de los invasores.

Debo confesar que el tamaño de este espejo sí llamó mi atención. Dejé caer al niño al suelo y concentré la mirada en lo que mostraban los reflejos. Cuando observaba uno siempre se veía parte del rostro, nada más. Este, sin embargo, dejaba ver como una ventana todo el horizonte. Una imagen en la que los ojos no se podían confiar por ser tan falsa como las buenas intenciones que siempre proclamaban los blancos. Luego, sin necesidad del espejo, pude observar otro destello. Una nueva mirada a lo que sucedía no dejó que perdiera de vista nuestro ataque al poblado.

La muerte reclamaba este lugar mientras caían los cuerpos de invasores de todas las edades. Mujeres, ancianos, niños y hombres se confundían en el suelo y el sufrimiento se podía oler en el aire. Estaba ante otro tipo de espejo. Uno que no habían traído los invasores blancos, elaborado en sus lejanas tierras. Este lo fabricamos nosotros. La imagen que veía traía recuerdos a mi mente, porque se asemejaba a los ataques de los hombres malos cuando entraban a nuestros pueblos y destruían nuestras vidas.

El niño, al que sujetaba hacía poco tiempo, se postraba en el suelo junto al cadáver de su madre. Ese niño crecería odiándome. Fantasearía con matarme cada uno de los días que mantuviera la vida posada en su cuerpo. Yo no le dejaba otra alternativa al muchachito como a mí tampoco me la otorgaron.

Uno de mis compañeros guerreros advirtió la presencia del niño e intentó arremeter contra su cuerpo. Mi brazo sujetándolo impidió que la macana completara su viaje. Si yo había crecido para odiarlos que él tenga el mismo derecho o la misma desgracia, pensé mientras erguía el cuerpo para continuar con mi misión.

No hubo más invasores cerca que confrontar. Y mejor así porque no soportaba otro cuerpo tibio rozando los dedos de mis pies.

Tuve un instante para respirar de nuevo con algo de tranquilidad. Atravesé la puerta que daba entrada a la casa del niño, abierta completamente para mí, justo al frente del cuerpo de su madre.

Muy diferente a la mía, se veían cantidad de colores y toda clase de objetos extraños. Aunque con un vistazo más minucioso encontraba similitudes. Cosas para colocarse en el cuerpo, otras que, tal vez, representaban a sus dioses y unas que adornaban el lugar.

Sobre todas estas cosas me atraía probar las que me mostraban su forma extraña de vivir. Ropas muy adornadas que cubrían por completo el cuerpo, hamacas que no se colgaban de ningún lado, cosas raras para sentarse y comida servida en totumas casi planas que brillaban al colocarlas frente a la luz.

El llamado del guerrero que nos comandaba me obligó a dejar la inspección para salir de nuevo al campo de batalla teñido ahora de un rojo más oscuro producto de la sangre endurecida y fría.

Salía del poblado retomando la incomodidad que me generó ver el cuerpo de la madre del niño rozándome los pies.

Me pregunté qué pensaría Nakua si hubiera compartido esa escena desagradable. A él los invasores le mataron a su madre. Atravesada por las fauces de sus perros murió una mañana, hace ocho años. Nakua no contaba mucho esa historia porque cuando lo hacía su cuerpo se sobrecogía del dolor. Supongo que a este niño le pasará algo similar cuando el tiempo le recuerde la ausencia de los que quiere.

Esa pequeña reflexión sobre Nakua me trajo de vuelta a la cordura. Ahora que llevaba la cabeza de lado a lado observaba sobre mi hombro más que cuerpos carentes de vida. Cada uno tenía un rostro, ahora desprovistos de gestos, pero tiempo atrás desbordado de sentimientos, buenos o malos, y acompañado de una historia que le precedía a su muerte.

El camino de regreso se hizo largo y difícil. Me torturé imaginando la historia de aquel chiquillo si mi presencia no hubiese interrumpido el lazo de la vida que mantenía unida a su familia. Su padre seguramente lo llevaría al mercado y le enseñaría cosas nuevas en cada incursión a este mundo que aún no dominaba. Su madre le cuidaría y lo protegería como lo hacía desde el mismo instante en que nació. Abnegada, cada mañana se levantaría con el firme propósito de mantener unida a su familia y al final del día encontrarse juntos, unidos en miradas, palabras y emociones, sería el fruto dulce. La merecida recompensa.

No conocía el nombre del niño así que en mi mente lo llamé Juan. El nombre invasor que había escuchado mencionar con frecuencia a los blancos, las pocas veces que me crucé con su lenguaje.

La narración que inventé en mi cabeza sobre el pequeño Juan y los sueños y esperanzas que había truncado en él, no conoció final hasta la noche cuando el sueño me obligó a darle termino. No sé si la fascinación por la historia que me mantuvo cautivo tenía que ver con algún tipo de arrepentimiento o con un reflejo similar al de los espejos que revelaba la imagen de lo que yo mismo había vivido.

En la mañana todo estuvo listo para proseguir el camino que nos permitía retornar a Jeriboca.

Ya en la entrada los saludos de alegría y los gritos entusiasmados de nuestra gente dieron la bienvenida a estos guerreros que habían vengado la muerte de tres nativos de estas tierras, más una lista larga de amigos, familiares y conocidos que se acumulaba en la mente de todo un pueblo. Tenían represada en la garganta el llanto por sus seres queridos fallecidos a causa de los intereses mezquinos de los invasores.

Esa noche se realizó una celebración en la que el guarapo se esparció rápidamente por las manos de todo el pueblo. Se asemejaba a una fiesta del maíz. Todos hablaban desaforadamente queriendo expresar cualquier sentimiento que almacenaran en su alma.

El naoma del pueblo tenía preparada una sorpresa. A su lado arrastraba a un hombre blanco. Uno de esos frailes invasores que juzgaba a mi gente llamándola pecadora. Sentencia que costó la vida de los tres hombres que terminaron con sus espaldas laceradas.

Las manos atadas del fraile le temblaban y el temor le hacía suplicar en su lengua por la vida. La que no le importó arrebatarle a otros.

Dos hombres ayudaron al naoma a acomodar al blanco sobre una piedra plana y ancha. Un sacrificio de muerte reclamaba cada poblador y la autoridad máxima atendería el pedido, pretendiendo reafirmar con ello nuestra fuerza y convicción por resguardar el territorio, sin advertir que realmente los movía un sentimiento más oscuro que desde el fondo emergía y brillaba en los ojos de quienes reclamaban justicia.

Sinnaca y Namyu siempre discutieron con otros naomas y caciques por muchas razones diferentes.

—Nuestra historia como pueblo es lo que nos une como hermanos. Desde que la madre de todo nos colocó en este mundo, nos aferramos con fuerza a muchas cosas, como niños que se niegan a crecer. Todo lo que ha estado antes de nosotros debemos valorar como nuestras primeras palabras pronunciadas. Frases entrañables porque, aunque con errores, son el asiento sobre el que descansa nuestro ser. Aun así, no podemos desconocer cuán equivocadas pueden estar. Representan lo que fuimos; sin embargo, no pueden ser un obstáculo que impida lo que podemos ser —repetían contantemente los dos hombres sabios cuando todos los hombres departíamos en el templo.

Esta manera diferente de pensar, con la mirada de un animal poco similar al que utilizan todos los demás, les trajo problemas en la sierra. Eran vistos, en algunas ocasiones, como contrarios a la madre del universo y a muchos de su pueblo como rebeldes que había que observar con algo de recelo.

Recuerdo que una tarde, dentro del templo, un hombre venido de las faldas de la sierra cuestionó delante de todos a Sinnaca por no castigar con severidad y por impartir enseñanzas que se alejaban de las narraciones sagradas contadas desde tiempos de los ancestros. Mirshaya salió de su escondite, pues no tenía una mujer autorización para entrar al templo, y envalentonada le respondió al hombre.

—Un naoma castiga pero también trae consejo. De qué sirve castigar si no se ayuda a encontrar el camino que se debe revelar. Y de qué sirve un camino que ya otros transitaron sin llevarlos a ningún lado. Sinnaca conserva nuestra tradición porque son las raíces de un árbol que crece; pero, si en algún momento la luz no llega a sus hojas, serán las nuevas ramas las que la busquen —le repuso Mirshaya mientras lo veía con esos ojos que, aunque muy bonitos, eran penetrantes y te empujaban a un abismo si la mente no encontraba una repuesta con sentido.

Yo no quería presenciar un sacrificio humano porque en nuestro pueblo no se realizaba desde el tiempo en que Sinnaca enseñaba en el templo. Para qué ofrecer la vida del fraile blanco. La madre se alimentaba de la vida y no de una muerte sin sentido. Atacarlos por alguna razón, así fuese por la ira que como macana es sostenida por la venganza, tenía algún sentido para mí, porque traía consigo una sensación de justicia. Sin embargo, tomar a uno de ellos solo para ofrecerlo a los dioses carecía de razón.

—La madre no requiere de sacrificios y adulaciones. De nosotros solo demanda que resguardemos toda su creación. Cuatro hijos de Gauteovan cuidan los dos pilares que sostienen el huevo del universo. Deberíamos alentarlos a sostenerlos y no ser la voz y las acciones que terminen debilitando la fuerza que soporta todo este peso —explicaba Sinnaca a los otros que nos visitaban y le reclamaban la falta de sacrificios humanos.

Me retiré a dormir dejando en blanco, por primera vez en mucho tiempo, el hilo con el que tejía la mente.

Los días que continuaron sirvieron para incorporarse de nuevo en la fría guerra. Preparábamos un ataque a su pueblo más grande. Uno llamado Santa Marta. No era la primera vez que el descontento por las acciones invasoras llevaba a mi gente a pretender destruir su aldea más grande en estas tierras; sin embargo, ahora reclamábamos una llama que se levantara hasta el cielo para que otros invasores, a la distancia, observaran como la tierra se resistía a su presencia.

El reflejo en el espejo, experimentado hacía apenas unos pocos días, aún agobiaba mi cabeza. Asemejar mis acciones a las suyas liberaba otro ser que se imponía sobre el alma. En aquel combate interior que sacudía mi cabeza ganaba por mucho el deseo de proseguir con las acciones, que parecían asegurar el fin del blanco en tierras de la sierra. No era un guardián que preservaba el equilibrio, en mí se erguía un guerrero desde que vi destruida a mi familia por las manos del invasor, cuando apenas era un niño de Maseku.

Tres días permanecimos en el templo preparándonos. Masticamos la guánguala[11] que dejaban las mujeres en la puerta del templo para alimentar de todas las formas posibles nuestro ser. El espíritu revoloteaba en nuestro interior como lo hacían las mariposas blancas y azules que se aglomeraban en cada rincón, dando la sensación de que el cielo mismo nos acompañaba.

El espíritu, como fiera, queriendo salir se revolcaba limitado solo por el cuerpo que lo albergaba. La fiereza del jaguar estaba suelta entre nosotros y danzaba a nuestro alrededor causando temblor en las manos que evocaban a la bestia. Ningún jaguar real nos acompañaba porque carecíamos de la importancia que le hiciera custodiarnos; sin embargo, rememorarlo entre nosotros con máscaras danzantes nos permitía justificar nuestras próximas acciones en su naturaleza cazadora y devoradora de la carne de su presa.

---

11   Guánguala - Equiparable, en tiempos taironas, al 'Ayu' (hoja de coca en lengua arhuaca), elemento cultural de gran trascendencia para los Kogui.

Si Nakua me viera lanzaría piedras para castigarme, sin conseguir golpearme por su mala puntería. No compartiría la razón que ahora yo esgrimía para masticar la guánguala. A él no le gustaba. Según Mirshaya porque aprendió a alimentarse desde su propio interior. Mi amigo respetaba que todos los demás nos nutriéramos de ella y Sinnaca abogó porque todos lo respetáramos por no hacerlo. Consumirla para matar no creo que pudiera acolitarlo, a menos que el Nakua que salió con sus dos amigos de Maseku como guardián del equilibrio, hubiese cambiado a la fuerza como lo había hecho yo.

Cumplido el tercer día salíamos del templo. Nadie pretendió despedirse porque la mente ya estaba en batalla y yo, aunque en combate también, no tenía de quién alejarme, lo que me recordó, como sombra al medio día, que carecía de persona alguna para darle un adiós y para que me extrañara por mi ausencia.

Iniciamos el descenso desde la sierra dejándonos llevar por las emociones que entreteje la guerra. Los suaves copos de algodón que nos formaban de niños, parecieron en ese momento tejidos por alguien que los transformó en una manta resistente y dura. Los hilos no se separaban y la ira se anudaba con fuerza sin contemplar la intención de soltarse para permitir la existencia de otra prenda.

No conocía a Santa Marta, pero escuchaba lo que otros tenían para contar de ella. Algunos ya la habían visitado. Disfrutaron al observar todas las cosas desconocidas traídas del mundo de los blancos. Causa curiosidad por más que no se quiera. Yo mismo había caído en su embrujo cuando entré al hogar del niño invasor que lloraba a su madre.

El camino también regaló tiempo para regocijarse con el resultado de la anterior batalla, anticipando una victoria similar en Santa Marta. El momento en el que la fuerza tuvo que imponerse para que los blancos entendieran que no podían llegar a pisotearnos. Lección desaprovechada por los invasores que, según escuchábamos de hombres y mujeres en el camino, seguían con sus pretensiones de aniquilarnos y apoderarse de nuestras tierras. Blancos que no tenían la capacidad de asimilarlo o peor aún, no pretendían entenderlo porque los movía un sentimiento extraño, interno y a la vez colectivo de querer dominarlo todo. Curioso porque no lograban dominarse ni a sí mismos.

—Esta es la puerta a su mundo —grité maravillado al ver lo grande del lugar que se abría para nosotros a la fuerza. Nadie pareció interesado en escuchar los alaridos. Una vez más primaba acabar con el enemigo, dejándole un nuevo mensaje. Uno más fuerte que esta vez tuviera que aceptar.

CAPÍTULO XIII

DE LA SIERRA A SANTA MARTA

Entraron mis compañeros de lucha, desaforados e insaciables, mientras mi mente me transportaba de nuevo al instante en el que mi macana separaba en dos partes el cráneo de la blanca, que luego lloraría su hijo postrado a un costado.

La remembranza me hacía sentir náuseas. Me sentía un poco mareado. El mundo parecía moverse sin llevarme y mis ojos rebeldes deambulaban en dirección contraria. Era difícil mantener la mirada apuntando hacia un solo lugar y los gritos de los invasores agudizaban aún más la confusión.

La necesidad de parar se hizo evidente y solo el recostarme sobre el suelo trajo algo de sosiego a mi cuerpo.

El fuego, de a poco, reclamó la posesión del lugar, ayudado por ventiscas que parecían aliadas a estas tierras, avivando su intensidad y extendiéndose de una casa a otra.

Mi participación en un principio fue nula. Solo veía el espectáculo hirviente de fuegos e iras desmedidas que golpeaban lo que se les cruzara por el frente.

Cuerpos empezaron a caer de lado y lado, porque Santa Marta también tenía guardianes que apresurados, empezaron a lanzar sus truenos ensordecedores.

Las macanas y tiraderas no podían igualar la fuerza desbordada de sus armas, pero el gran número de los nuestros compensaba el desequilibrio.

Ellos más lentos mientras preparaban su trueno y sorprendidos en el número de los nuestros, no tenían tiempo de reaccionar de la manera adecuada al ataque.

El humo pronto hizo del campo de batalla un aliado más a nuestra causa. No se veía nada y también era difícil respirar. Mis compañeros más preparados a esta condición, tomaron rápidamente varios sectores importantes del poblado.

Su resistencia duró poco y sus truenos se fueron haciendo cada vez más escasos.

El cercano final alentó mis ganas de reincorporarme del suelo para participar de la celebración y escudriñar, una vez más, en este mundo invasor que pretendía desaparecernos.

Caminé varios pasos, en medio de la humareda y sobre cuerpos que ya no tenían la gracia de la vida, con la convicción de tocar una de sus armas para entender el poder que las avivaba.

Cuando por fin hallé una, la tuve que arrancar de las manos incineradas de un blanco. Fascinado por su forma y el poder que representaba, la toqué por todas partes.

De sus truenos tenía recuerdos confusos de cuando era niño y solo tenía presente historias narradas por otros, que hasta ese día pudieron transformarse en una experiencia real y sobrecogedora. Era testigo de su poder tan solo observando los cuerpos agujereados por su ímpetu demoledor.

La miraba, la volteaba y la golpeaba suavemente intentando descubrir sus secretos más ocultos. Luego la acomodé en mis brazos como lo hacían los blancos, sin lograr expulsar el trueno que se resguardaba en su interior. La lancé al suelo indignado por no entender cómo funcionaba el artefacto. La rabieta duraría muy poco.

El sonido fuerte de algo similar a una ocarina y el golpeteo de tambores le dieron un nuevo amanecer al combate, que todos creíamos terminado.

Otra maravilla blanca se develaba entre el humo, cuerpos y casas destrozadas. Nuevos guerreros se asomaban en los animales altos que llamaban caballos. Fantásticos seres que en un solo movimiento le permitía a los blancos doblar su tamaño, obligándonos a mirarlos hacia el cielo.

Entraron al pueblo resguardando un artilugio, que ninguna narración antes contada en la sierra describiera.

Una cosa alargada y metálica que se tragaba los rayos del sol de lo negra que era, acomodada entre palos de madera se movió señalando hacia nosotros.

Nunca antes visto por alguno de nosotros, desconocíamos su poder y la mayoría se dedicó a contemplarlo sin reconocer en él algún peligro. Tranquilos porque sabíamos que aún con sus caballos los superábamos en número.

Cuando los animales altos detuvieron su marcha y se corrieron hacia un costado, la visión del artilugio se develó por completo. Se asemejaba a una de sus armas de trueno, pero tan grande que no podía ser sostenida por uno solo invasor.

La tranquilidad y seguridad se quebró por completo al ver como se sacudió el artefacto violentamente. Se combinó un rugido de jaguar, el más aterrador que jamás hubiese escuchado en alguna parte de la sierra, con la fuerza del trueno. No era un arma. Era un monstruo jaguar. Deformado, oscuro, de un solo ojo y portador de la muerte. El legado que siempre tienen los invasores para heredarle a nuestras tierras.

—Ese esperpento parece un grito exhalado por su dios. Y Gauteovan por qué no tiene para nosotros una bestia similar — le pregunté, aún sorprendido, al hombre más cercano que pude divisar para expresar mi descontento. Este me miró exaltado sin poder dar algún tipo de explicación. Solo señaló con el dedo el sitio exacto donde el rugido dejó ver su contundencia.

Era increíble. El suelo se había levantado y con él fragmentado casi todo lo que sostenía. Madera, piedras y cuerpos ya no se mantenían completos. Desperdigados probaban una vez más la furia incontrolable de los invasores y su apego por la destrucción.

El miedo reclamó un espacio en nuestra mente. La ventaja en número que teníamos, se ponía en riesgo con una bestia que se llevaba de nuestro lado a varios con cada rugido.

Conté tres bramidos y mi cuerpo se estremeció con cada uno, porque representaban la muerte de muchos de los míos, con cuerpos volando por los aires sin ser más que pájaros despegados forzosamente de la vida.

Decidí correr instintivamente hacia la bestia. No rugía por voluntad propia. Requería de un invasor que la hiciera funcionar. Con determinación avancé evitando ser tocado por cada blanco que quiso detenerme colocando delante su caballo. Al llegar a la parte de atrás de la fiera me abalancé hacia el invasor que la dominaba y con mis manos grandes lo tomé del cuello. Sus compañeros pretendieron bajar de sus caballos, pero los míos, al ver suspendidos los bramidos, retomaron el ataque que hasta hacía poco nos declaraba ganadores.

Mis manos hablaron el lenguaje de la fuerza. El invasor sofocado, con sus ojos se despedía de la vida para entrar en el mundo de los muertos.

Mientras lo apretaba pensaba si Gauteovan pondría su espíritu a transitar por el mismo camino que recorren los nuestros o si su dios construiría un camino diferente. Sentir que este hombre ya no luchaba por su vida, porque ya no la poseía, dio por terminado y sin resolución mi cuestionamiento sobre la vida más allá de nuestro mundo, para invasores y nativos de estas tierras.

Los míos vitoreaban el triunfo sobre el blanco y su bestia casi indomable.

La ventaja retornaba. Sus guerreros de animales altos caían por los dardos envenenados que llovían sobre sus espaldas y el miedo ahora cambiaba de bando mortificando a otras mentes que se dejaban poseer por sus tentáculos.

Un solo hombre invasor pareció impedir que el temor le castigara. Aun con un dardo clavado en su pierna se levantó del suelo. Había caído porque su caballo sucumbió a lo que a él parecía no afectarlo.

Los ojos del blanco no reflejaban mi rostro. Entonces los míos se negaron también a reflejar el suyo. Gritó, seguramente, insultos en su lengua. Se tomó los cabellos entre las manos y agitó su cuerpo descontrolado, mientras giraba su cabeza observando su poblado destruido. Entendí en su desespero la necesidad no resuelta de comprender la partida innecesaria y cruel de los suyos.

Si dar ningún aviso y sin más armas que sus propias manos cerradas y apretadas, corrió hacia mí como si yo representara todo lo que él odiaba de este mundo.

La situación se igualaba porque yo alimentaba el mismo sentimiento hacia él. Dos odios que chocaban buscando la redención de nuestros miedos, angustias y deseos.

Mis dedos se juntaron convirtiendo mis dos brazos en macanas dispuestas a golpear con ímpetu a aquel que me desafiara.

Las miradas chocaron antes que los cuerpos, repartiendo como armas el fuego de la ira al tiempo que se acercaban.

Como olas enfrentadas en el mar por fin se encontraron nuestros cuerpos arrastrando personas y objetos a nuestro paso. Ya juntos nos confundimos en una sola masa que giraba hacia todos lados sin desprenderse. Aferrado uno al otro, labramos el suelo con piernas y brazos que se revolcaban para intentar dominarse entre sí.

Los míos miraban agitando sus macanas en satisfactorio gozo del espectáculo que yo protagonizaba. Unos pocos blancos, heridos en el suelo, juntaban sus manos esperanzadas, seguramente, en que mi contrincante resistiera los ataques y se alzara en victoria para que, luego, los salvara de su desafortunado desenlace.

Por un momento unos y otros se vieron frustrados. Los forcejeos solo dejaban dos cuerpos cansados y sin ninguna herida de muerte.

Él se limpiaba la sangre que escurría sobre su rostro con el brazo y yo respiraba agitado, mientras repasaba con los ojos cada espacio desde donde se escuchaban gritos que alentaban a la muerte.

Un jaguar posado en un árbol, similar al grande que viera junto a mi amigo Nakua, de niños, en lo alto de una cima, se sumó a los rostros que observaban la batalla personal entre dos hombres. Su mirada me recordaba la razón de mis acciones. Me dio fuerza renovada y me reincorporé al terreno de combate. Cuando volteé para observar a mi oponente parecía poseído por el mismo aliento restaurado. El animal compartía su energía con cada uno de nosotros.

No tenía sentido que el mismo jaguar animara a los dos contrincantes como si no le importara cuál de ellos alcanzara la victoria.

Erguidos, era la hora de proseguir las embestidas. Esta vez los cuerpos, más prudentes, no se juntaron tanto y dejaron que se declarara una guerra entre brazos y puños. Cada golpe certero cobraba algo del vigor de ambos combatientes.

Entre embates que parecían interminables me sentí cansado y desconcentrado de nuevo. El animal, reiterando su falta de interés por quien triunfara, ya no animaba con su presencia desde el árbol.

—La guerra no sabe de debilidades y límites humanos porque arrasa con todo vestigio de la humanidad otorgada por la madre del universo —dijo el abuelo de Nakua, en el templo, una tarde antes de empezar nuestra travesía. Una vez más yo alardeaba de manicato con una cola de cabello postiza hecha con las hojas de la palma que convivía a nuestro lado. El árbol que se alzaba más alto como guerrero vigilante del cielo, alerta, para resguardar los bordes de la sierra.

A Namyu no le gustaba la guerra a pesar de haberla sufrido en los cuerpos de sus seres queridos fríos y arrebatados por su contundencia. O tal vez por eso mismo la despreciaba. No pensaba en venganzas que la prolongaran sino en la solución final que la extinguiera. Como haría un naoma sabio que castiga, pero luego aconseja para que nunca más se repitan los actos oscuros que originaron la falta.

Las palabras de Namyu adquirieron sentido por un instante cuando de nuevo los dos contrincantes cayeron al suelo derrotados por el desgaste de sus cuerpos. Mis compañeros de batalla no soportaron la ausencia de sangre definitiva, a la que ya nos habíamos acostumbrado. Se abalanzaron sobre el invasor, como lo haría un jaguar hambriento, para golpearlo sin ningún tipo de restricción. Al blanco solo le quedó la alternativa de dejarse llevar hacia el mundo de los muertos. Cerró los ojos para preparar el camino y no dejarse destruir por los golpes que le destrozaban el cuerpo.

Todo estaba concluido. Las llamas se alejaron porque no tenían nada más que hacer arder. Los espíritus se marcharon, porque ya sus cuerpos fríos no podían albergarlos, y aquellos que quedaron con vida, aunque calientes, parecían abandonar también los cuerpos con miradas que se perdían entre el suelo, el horizonte y el cielo.

CAPÍTULO XIV

ORGULLO ABATIDO

La retirada de Santa Marta fue festiva para casi todos mis compañeros guerreros. No celebraban los que habían perdido a un amigo querido y no celebraba yo que me sentía confundido y enfermo. Igual o peor que cuando recién llegamos al gran poblando invasor.

—¿Perdió a alguien? —me preguntó aquel que caminaba a mi lado de regreso a Jeriboca.

—Perdí a mi padre, a mis hermanos, a mis amigos. Perdí mis tierras, mis raíces en este mundo y el otro, mi pueblo, y creo que con cada batalla los invasores que parten al otro mundo, se llevan un poco de mi alma y la que me queda llora de dolor clamando venganza por lo que me han arrebatado. Sí, he perdido casi todo y de a poco mi cuerpo se queda solo —le contesté al desconocido que acompañaba mi marcha.

Vi en él la extrañeza que mostraba un rostro cuando no entendía de lo que le hablaban. Así me veía yo cuando tampoco comprendía las palabras que guardaban significados profundos de la vida. Entonces empezaba a parecerme un poco a Nakua, Mirshaya o al mismo Sinnaca, pensé mientras caminaba.

Cuando se está cerca de ascender en tus pensamientos el abismo que representa subir a un nivel más elevado, si tropiezas por pasos torpes, te puede mandar a uno más bajo. Eso lo vislumbré narrando mi propia historia tras el paso por los otros mundos.

Jeriboca ya se veía cercana. Danzas de júbilo se alzaron desde el suelo mientras los guerreros vitoreaban su triunfo sobre el blanco como si estas tierras descansaran ya de su presencia, mientras en el cielo las aves de paso parecían observar con desdén las muestras de alegría. Sinnaca seguramente sabría interpretar su vuelo, pero había quedado atrás junto a todo lo que me acompañó antes, en un camino que yo ya no transitaba.

La lluvia, que por ese tiempo se empezó a hacer frecuente, también hizo presencia limpiando la sangre que nos cubría. Los vestigios de la guerra, ya duros y con un color rojo mucho más opaco que cuando emergió de los cuerpos que cayeron sobre el suelo de Santa marta, empezaron a desaparecer. Las gotas solo removían lo que está expuesto al aire. Nuestro cuerpo interno no gozaba del lavado aun cuando lo requería con mayor urgencia.

Así como llegó, partió el aguacero, aunque el cielo mantuvo su color gris arremolinado y una sensación de frío que no se iba a pesar de que rozábamos nuestras manos con el resto del cuerpo intentando calentarlo.

No faltaba mucho para asomarnos por los sembradíos de algodón que dan la bienvenida a Jeriboca. La emoción brillaba en los ojos de cada hombre que caminaba embargado por el deseo de mostrase como guerrero imbatible y dominador ante sus familias y conocidos y sobre todo ante sus mujeres. Aquellas que tomarían salvajemente para poseer sus cuerpos y comerlos como fruta fresca calmando la sed que los inquietaba.

Para Kuismei no había fruta que devorar porque me encontraba solo en este mundo. Aun así, al llegar buscaría la que me antojara, así no fuese mía. Me había ganado el derecho. Yo también regresaba triunfante y reclamaría el pago por el esfuerzo. La sed a mí también me empezaba a enloquecer y con solo imaginar la fruta fresca que comería, experimentaba un hormigueo por todo el cuerpo, olvidando cualquier inquietud diferente a fantasear con las formas diversas en que comería el fruto que descubriría en Jeriboca.

Había comido frutas prohibidas antes, en mi pueblo, y había disfrutado de recorrerlas completamente con mis manos hasta revelar partes que otros hombres ni se atrevían.

En ocasiones tuve que ser castigado delante de todos los ancianos porque, según decía Sinnaca, me aprovechaba de mi juventud para comer del fruto que no era mío. Pensaron hasta en casarme, lo cual debió pasar hacía tiempo. Solo lo impedía el deseo de todo un pueblo que esperanzado en la existencia de los tres guardianes del equilibrio, nos dio la libertad de permanecer solteros para poder cumplir con sus propósitos.

Todos estos hombres fantaseaban con el sabor de la fruta ya conocida. Mi fruta era incierta. No tenía nombre ni una figura definida que pudiese extrañar alguna vez. Ante esta situación que me colocaba en desventaja espiritual frente al resto de guerreros, tuve que imaginar el cuerpo exuberante y desnudo de la mujer con la que debía contener cualquier deseo.

En secreto profundo que no podía compartir ni con mi mejor amigo, ocultaba un apetito controlado por alimentarme de Mirshaya. No me permitía ni pensarlo en fantasías que duraran más de un paso, porque no podía romper las fibras que me unían a Nakua y con él, a su abuelo, la familia que sustituyó a la mía cuando me encontré solo en este mundo.

Ahora caminaba y el deseo por la fruta me hacía pensar en Mirshaya y su cuerpo por más de un paso. No está bien desear a la mujer de mi hermano. Debería recibir castigo, pero el cosquilleo caliente que llevaba conmigo me hacía pensar primero en satisfacer el hambre y tomar una mujer en el poblado para imaginar en su rostro el de alguien conocido. Después pagaría las consecuencias, pensé mientras apretaba la boca y vislumbraba cómo devoraría a Mirshaya.

Con el hambre todavía haciendo arder el interior de mi cuerpo, tuve que presenciar un acto inconcebible. Un ave gigante, negra con el cuello blanco y sin plumas en la cabeza, voló sobre mi hombro rozando sus alas con mi rostro. El pájaro, guiado por un hombre muisca, de los que aparecen por estas tierras para intercambiar cosas, se detuvo sobre una piedra, mientras su guía se veía desaliñado y compungido.

El muisca y su pájaro no generaban la misma reacción de asombro en los otros que me acompañaban. Seguían embelesados con la imagen en su mente de la fruta por comer.

El muisca se acercó, observó mi collar y luego susurró palabras para que nadie más escuchara su mensaje.

—Has ganado este collar por astuto. La astucia debe ser utilizada para algo más que obtener cosas —dijo el muisca.

—Tres hermanas te necesitaron en sus cumbres. Tu furia y determinación pudieron salvar el cuerpo de mi cacique y el alma de mi cacica, que ahora se ve perdida sin su hombre. Los tiempos son caprichosos y estás aquí por muchas o por ninguna razón. Sospecho que todos los lugares y momentos son iguales. Se repiten si nada les discrepa. Pasado, presente o futuro no se diferencian si el que le sigue no tiene en cuenta al anterior —continuó diciéndome mientras acariciaba el plumaje de su ave que ahora se posaba a su lado.

Las palabras no fueron interesantes hasta que pronunció el nombre de mi amigo. Nos sentamos en el piso mientras inició un pequeño relato de batallas en las que un hombre llamado Nakua había participado.

Saber de él me emocionó. Un vestigio de la humanidad otorgada por Gauteovan, aún se adhería a mi alma. Las lágrimas se acumularon pretendiendo nacer desde mis ojos, como el río taponado con piedras temblorosas por la fuerza del agua, que quiere seguir el cauce marcado por la tierra.

Extrañaba compartir con él aventuras. Añoraba vivir estos tiempos difíciles con un amigo que me guiase para no cometer tonterías.

Deseé más que nunca que el río de mujeres y hombres, en la cima de la sierra, no nos hubiese separado y obligado a emprender caminos diferentes. Haberlo acompañado en esas batallas monumentales para ofrecerle mi mano, así como en viajes de niños se la brindé para evitar que cayera en precipicios que no tenían retorno.

Le cuestioné al muisca la presencia de Nakua en tiempos diferentes a los míos. No poseía una respuesta. Escapaba a su entendimiento y al mío, y cuando esto sucede, al igual que cuando justificamos los actos cometidos sin sentido, lo mejor es atribuirle la responsabilidad a un ser que esté por encima de nosotros. La manera más sencilla de tergiversar y desconocer lo que manda realmente la madre universal. Me explicó de la presencia de Chía, que en su forma de luna, altera y cambia todo para confundir o simplemente para jugar caprichosamente.

La conversación finalizó súbitamente cuando enderecé mi cuerpo al verme separado del grupo de guerreros. Quería llegar triunfante con ellos a Jeriboca. La gloria de la guerra, que solo estaba en mi cabeza, una vez más se sobrepuso sobre los recuerdos y sentimientos de amistad. De nuevo olvidaba a mi amigo para entregarme a ella y a la necesidad física de calmar la sed.

Corrí tan rápido para unirme de nuevo a los compañeros guerreros dejando atrás al muisca y su pájaro gigante, y a Nakua y su inexplicable destino en otros tiempos.

Las piernas solo detuvieron la marcha obligadas ante la presencia de varias patas de animales altos.

El orgullo guerrero se vio impactado cuando la imagen se completó. Mis compañeros, tirados sobre el suelo, eran amarrados de manos y pateados sin piedad por invasores que se regocijaban entre cada quejido que expulsaban las bocas de los subyugados.

La noticia de nuestro ataque en Santa Marta nos había superado en velocidad y distancia. Más de cien invasores se habían propuesto cazarnos, embebidos por la misma furia maldita que nos movió hasta su poblado. Por primera vez pude advertir una similitud entre ellos y nosotros. Cuando la ira hacía posesión de nuestros cuerpos, compartíamos la misma mirada oscura y penetrante. Como la de un jaguar poseído por un hambre que no se le puede saciar.

Yo conocía de jaguares porque mi padre sentía una fascinación por este animal que representaba a todo nuestro pueblo desde tiempos ancestrales. De pequeño y hasta que la muerte me privó de su presencia, el buen hombre me llevó varias veces al hogar de este maravilloso animal.

Preparaba las mochilas de algodón con meriendas para el viaje. Me tomaba de la mano para apurarme y entre regaños fuertes empujaba a mis dos hermanos para que actuaran con prontitud.

Siempre era de noche porque el jaguar disfrutaba de la penumbra. No era fácil divisarlo, porque los ojos brillantes le permitían advertirnos con facilidad. Y no gustaba de las visitas inoportunas de los hombres. Solitario, prefería evitar tener contacto con nosotros por la superioridad que representaba, por la insignificancia de nuestra presencia o por temor a nuestras acciones.

Mi padre, experto en aprovechar también la tenue luz que regalaba la luna, competía un poco con esa habilidad de ver sobre las sombras, sin conseguir la oportunidad de ganarle al animal.

Tan solo en una ocasión triunfamos. Seguimos el sendero del río de manera cautelosa. Esperamos pacientemente hasta que se develó un cuerpo grande y amarillento. Ermitaño, frente al río, se alimentaba de un caimán ya destrozado a la mitad. Cuando advirtió nuestra presencia tomó lo que le quedaba de la presa en su hocico y para evitarnos, cruzó el río hasta la otra orilla. Allí se perdió entre árboles y sombras para no dejarse ver más. No le interesaba saber de los humanos. Sabía lo que necesitaba. Sabía que podíamos ser peligrosos y nunca dignos de confianza, me explicó mi padre.

—Animal hermoso. Solo pervertido por la mano de los hombres que evocan su espíritu dominados por la fuerza del poder —fue la frase pronunciada por mi padre y que dio final a la experiencia de aquel día.

Tiempo después, una vez más, Sinnaca enseñaría a todos los niños del poblado la historia de los tres jaguares: el abuelo, el padre y el hijo. Lo que complementaba lo dicho por el gran hombre. Lástima que entender las palabras inteligentes que otros me dijesen nunca fue una habilidad que desarrollara, desaprovechando la oportunidad de aprender de la experiencia de los otros para poder vivir las mías de manera conveniente y luego trasmitirlas también.

Nos arrastraron hasta un pequeño pueblo pasajero y en constante movimiento, que armaban para organizar su cacería de nativos de estas tierras.

Abatidos en nuestro orgullo al vernos sometidos e incapaces de responder a las humillaciones, dejamos caer nuestros rostros que descolgados veían el suelo.

Solo uno de nosotros conservó su dignidad. Nunaxe era su nombre. Hasta ese día no sabía cómo llamarlo porque en mí no nació interés por conocer los nombres de quienes compartían, en este grupo, mi deseo de aniquilar a todo invasor que pisara nuestras tierras. Cuando el digno hombre gritó su nombre con la fuerza de un huracán que toca los bordes de la sierra, supe cómo lo llamaban desde que era un recién nacido.

Nunca bajaba la mirada. Por el contrario, la sostenía luchando con su propio cansancio, mostrando la fortaleza de aquel que no renunciaba a sus convicciones más aferradas en su mente.

Verle arremeter contra los invasores con gritos a falta de macanas, manteniendo poses de guerrero a pesar de las cadenas, inspiraba a cada uno de nosotros.

Por primera vez en este viaje me interesé realmente en aquello que tuviera otra persona por contarme. Las cadenas que sujetaban nuestros pies nos obligaban a compartir el mismo suelo, así que las historias de Nunaxe sobre hazañas en las que había dado muerte a los blancos invasores acompañaron mi estadía por varios días en el poblado que se movía.

En particular, una historia le dolía y nutría con mayor fuerza el rencor que le acompañaba. Su mujer, aquella que creía moradora del mundo de los muertos, habitaba en el lecho de otro hombre. Desaparecida junto a otras mujeres jóvenes luego de la incursión de blancos en sus tierras, reaparecía desleída en los brazos gruesos y vellosos de un invasor, que le besaba el cuerpo y la hacía sonreír nerviosamente entre caricias y mordiscos. Ahora residía bajo el dominio de la vida que le ofrecían los blancos y sus objetos extraños, oscureciendo su espíritu a tal punto de cubrir por completo el color de sus ancestros.

Cuando vio a Nunaxe asomarse por la ventana, mientras el hombre velloso la devoraba en sacudidas incesantes, lo miró con el desprecio que segrega el que renunció a aceptar que el mundo es compartido y no su dominio personal. No le importó el dolor que causaba en su anterior compañero. A partir de ese momento Nunaxe borró el rostro de su mujer, para no sufrir su pérdida, y el del resto del mundo para facilitar la senda que recorre el rencor y la desidia por el otro.

Yo que alcancé a pensar que esta guerra, en la que se destrozaban pueblos, cuerpos, sentimientos y espíritus solo dejaba cadáveres en el piso y una sensación de náuseas sin sentido, de nuevo me alimenté de los deseos de venganza que me proveía Nunaxe. Luchábamos por el genuino derecho otorgado por Gauteovan de habitar y proteger todas estas tierras.

Sus palabras convincentes funcionaban también como cadenas que evitaban cualquier otra forma de pensar, así la proximidad de nuestro éxodo al noveno mundo, el de los muertos, ya estuviera marcado en las mentes pervertidas de los blancos, que de manera cínica reían mientras decidían qué tipo de final otorgarnos.

Nunaxe era arrogante. Odiaba como todos nosotros al invasor, pero también mostraba desprecio por su propia gente. Sus relatos así lo exponían y sus acciones en el poblado que se movía, lo confirmaban. Varios de los nuestros caían rendidos en espíritu y cuerpo, castigados por el menosprecio de los blancos con sus miembros mutilados, azotados hasta el cansancio o golpeados hasta que la piel de su cuerpo cambiaba a un color parecido al de la muerte. Nunaxe los vapuleaba reclamándoles la falta de coraje guerrero para soportar sin reclamar piedad. Insensible al mundo que lo rodeaba opacaba esta debilidad con su ímpetu inquebrantable.

Vi en él un jaguar que se comparaba en tamaño al que exhibían los invasores en su soberbia y prepotencia. Entonces nos abrazaba en fuertes convicciones de odio para que lográramos mantenernos firmes ante el infortunio, así nos alejáramos de nuestra propia naturaleza o al menos de la que hombres como mi padre, Namyu o el mismo Sinnaca habían intentado hacer germinar en Maseku, el pueblo que vio como mis amigos y yo crecíamos entre árboles y terrazas de una montaña, que teje en su cabeza una manta blanca y que vierte la vida sobre el resto de su cuerpo.

Los tres siempre hablaron de nuestra naturaleza. Diferente a la de otros seres porque teníamos la posibilidad de vernos reflejados en el agua de un riachuelo y comprender que permanecíamos postrados allí reconociendo en nuestros gestos que estábamos vivos sobre el suelo.

Naturaleza frágil y fácil de perder por culpa del poder de imponer voluntades, que envuelve y cautiva para dejar emerger del capullo una mariposa tan negra como un murciélago. Palabras que se quedaron talladas y que ahora adquirían un sentido incuestionable.

La humanidad que me había otorgado Gauteovan se extraviaba por momentos al escuchar las palabras de Nunaxe. Fantaseé con matar a los invasores vengando la muerte de mi familia y la ofensa al honor de Nunaxe, y destruir la maldad que empezaba a fertilizar estas tierras. No se trataba de una misión que buscara el equilibrio en el mundo. Era un asunto de mostrar supremacía sobre el otro.

Las impresiones de Nunaxe sobre la guerra distaban de las mías. A mí me causaban náuseas y a él emoción y fortaleza.

Aun así, representaban la resistencia a toda la ruina que sembraban los blancos sobre el suelo que pisaban.

Los días pasaron repetidos en el tiempo. Los carceleros todavía no decidían cómo llamar a la muerte. Aunque el disgusto por soportar nuestra presencia era cada vez más evidente.

Lo único que pudo romper con la rutina fue la aparición de una neblina espesa, diferente a la de cada mañana. Una sombra con la forma de Nakua se formó en el fondo. Le hablé esperanzado en atraerle. Entre incrédulo y emocionado intenté ponerme en pie halando la cadena que me lo impedía sin alcanzar mi pretensión. La niebla, que no inquietó a nadie más porque dormían resguardándose de un amanecer que no abandonaba aún el frío, dejó emerger a un animal antes de disiparse. Se develó la forma de un perro de hombre blanco.

El animal cruzó frente a mi hombro. En el poblado que se movía había varios. Eran aterradoras, grandes y corpulentas bestias que seguían fielmente las indicaciones de quien los alimentaba. Este procedía de otro lugar. Quizás foráneo en su propia tierra compartía el similar destino de todos los que amanecíamos atados de pies y manos.

No tenía cómo defenderme si el fiero animal se abalanzaba para clavarme sus dientes en la cara. Temí por la carne de mis huesos imaginando que la podía despegar cómodamente de un mordisco.

Luego, el momento me regaló una sonrisa. Llevaba mucho tiempo sin reír. El perro lamió mi boca compulsivamente mientras batía su cola saludando mi presencia. Este invasor no me detestaba o quería aprovecharse de mi condición vulnerable. En cambio, ofrecía su alegría y amistad.

Mi pueblo siempre ha sabido comunicarse con los animales percibiendo lo que tienen para contarnos. Sinnaca sabía hablar con las aves. Ahora compartía su habilidad conversando con un perro al utilizar un lenguaje de caricias y lamidos.

151

El amigo de cola alegre me visitó por varios días, siempre con las mismas demostraciones de cariño a pesar de que, descubierto por los blancos, fue incluido en la jauría de perros que custodiaban el lugar con una actitud muy diferente. Al ver que cambiábamos de posición el cuerpo entumecido, soltaban sus bramidos incesantes, solo controlados por uno más desagradable, el de algún blanco que molesto por el ruido los mandaba a callar.

CAPÍTULO XV

LOS ROSTROS QUE SE PIERDEN

Una noche, la más fría desde que mi piel sintió por primera vez la sangre espesa de los blancos salpicada sobre sus poros, inició un juego negro y macabro nacido de la mente enferma de uno de los invasores.

Nos despertaron las carcajadas blancas mezcladas con los gruñidos de sus animales. Con cuerdas sostenían a los perros que, enfurecidos, mostraban sus dientes empapados de saliva.

Nos empujaron hacia el centro de un círculo formado por sus cuerpos. Un invasor sostenía la cuerda tensada por las sacudidas de los perros, preámbulo a lo que harían con nuestros brazos y piernas, los otros blancos, indiferentes a nuestro temor, nos señalaban con el dedo apostando cuál moriría primero.

El dominador de los perros dio una última caricia a sus pelajes para luego impartir la orden de atacarnos. El número de nativos humillados en el círculo superaba al de sus perros. Creí que podríamos derrotarlos, pero la ferocidad de sus ataques pronto me hizo entender que ese círculo sería el lugar escogido como tumba y puerta al mundo de los muertos. El sitio del último respiro de un aire fusionado con el olor de cuerpos sudorosos de quienes combatían y la sangre derramada de quienes perdían su vida a manos de un semejante.

Varios partieron de este mundo separados bruscamente de su cuerpo, animando los deseos siniestros de los invasores, que evitaban con amenazas que alguno de los míos abandonara la tumba circular.

Corrí con suerte los primeros instantes. No parecía significativo para estos animales que enfilaban sus ataques a otros diferentes a mí. La apatía que generaba en los perros me permitió buscar a Nunaxe entre piernas, brazos y dientes.

Él, con una postura similar a la del perro que le esperaba, pretendió igualarse en fuerza. Miró a su atacante con ojos fríos y desprovistos de cualquier humanidad para intentar amedrentarlo. Venció por un instante. El perro detuvo sus gruñidos y ocultó sus dientes. Luego, con ojos aún más vacíos, el blanco que dominaba los perros le dio la orden de atacar. El animal cumplió la orden mordiendo el cuello de Nunaxe. Fue rápido. Los gritos de cólera de nuestro líder se ahogaron con la sangre que brotaba por su garganta. Por más iracundo sucumbía ante los ojos de alguien que compartía su desprecio por la vida. La diferencia entre uno y otro solo la marcaba el poder que residía en el que se alzaba en triunfo sobre el otro más débil, que no podía responder con la misma contundencia.

Era mi turno. El animal debía proseguir con la matanza. Volteó y me vio aún ileso. Mostró sus dientes advirtiendo sus intenciones. Un gruñido potente proveniente de mi amigo de cola alegre se dejó escuchar entre los árboles que delimitaban, junto a los invasores, el círculo de la muerte. Protestaba a su manera con el que es igual a él. Le exigía que abandonara el ataque y se retirara de mi lado.

Los dos perros se acercaron. Oliéndose el pelaje y batiendo su cola parecían reconciliarse con su esencia más básica, en la que solo se combate por la necesidad imperante de subsistir en ausencia de otro camino. Compartían el mismo suelo en una especie de complacencia mutua en la que renunciaban a atacarse a mordiscos para declarar una victoria.

Ante los ojos de un invasor blanco no cabía tolerar reconciliaciones que no fueran el resultado de imponer la fuerza para ver al otro sometido.

Refunfuñó contra los perros apuntándoles con su arma de trueno y tras el sonido, que se hizo ya habitual en estas tierras, los dos animales atravesados por el odio del blanco se derrumbaron sobre el suelo que hervía en charcos de sangre, ahora no solo de hombres.

Las náuseas reaparecieron. Esta vez entrelazadas con otra sensación extrañamente confortante.

Acosado por el odio me entregué a la fuerza que da el desconocer a los otros. El legado de Nunaxe parecía que le sobrevivía en mí. Borré todo rostro humano. Veía cabezas desprovistas de cualquier rasgo que las diferenciara unas de otras.

Aproveché el desorden que generó el gemido de los otros perros invasores, que lamentaban la muerte de los suyos, y que rompió el círculo de blancos que intentaban controlar el caos. Sin perros atacando varios de los míos corrieron aprovechando que en aquel juego macabro habían soltado las cadenas para permitirnos creer que teníamos alguna posibilidad de sobrevivir.

Los truenos tocaron su música de muerte; sin embargo, fueron incapaces de detener a todo el que pretendía escapar.

El compañero que comía guanábana a mi lado tratando de explicar la incoherencia de los blancos hacía apenas unos días, estaba vivo y clamaba mi ayuda. Tomó mi mano desde el suelo, postrado y sin aliento, para que lo empujara con mi fuerza como lo hice varias veces por Nakua al escalar los riscos de la sierra; sin embargo, al detallar su cara no pude reconocerlo del todo. Solo era un ser que retrasaba mi partida. No definir en él un rostro me facilitó apartar su mano de la mía para dejarla caer sobre el suelo que sería su tumba.

La siguiente decisión, abrazada por la ira que me consumía, fue degollar tanto al único invasor que me impedía el escape, apuntándome con su arma de trueno, como al hijo que le acompañaba. En aquel niño habría visto antes a un Juan, pero no podía colocarle un nombre a un ser que ni apreciaba. Lo hice antes cuando reconocía los rostros que me miraban. Ahora eran máscaras vacías sin nada qué decir.

Nadie poseía una cara reconocible y eso facilitaba que el río de furia que siempre había seguido el curso de mi cuerpo, se empezara a desbordar arrasando cuanto se asomara a la orilla.

Me marché acompañado por un puñado de guerreros que escaparon siguiendo el mismo camino y que veían en mis acciones el nacimiento de un nuevo líder que los dirigiese.

Luego de correr, caminamos. Un guerrero se atrevió a llamarme Nunaxe. Lo golpeé en la cabeza y paré la caravana. Les advertí, mirando al cielo, que debían llamarme Kuismei, descendiente de Búnkua.

Esta vez solo habría castigo para los infractores de la ley de la madre del universo. El único consejo al que tendrían derecho, sería al de saber que debían temerme. Así lo dije a quienes me siguieron.

El retorno a Jeriboca por fin se cumplió. El sembrado de algodón abría sus puertas para permitir nuestro ingreso sin llamar mi atención al juego y al disfrute como lo hacía en el pasado. Mi mente solo permitía mantener un pensamiento. La muerte ya había entrado a mi cabeza y se negaba a dejarme. Terca crecía a cada instante alimentada por el odio que sentía y la nueva posición de héroe, que me obligaba a ser contundente en palabras y acciones.

Mis hombres y yo entramos directo al templo buscando a su naoma. Los varones del poblado nos siguieron hasta el interior del templo mientras las mujeres y niños, expectantes, se aglomeraron alrededor del santuario intentando escuchar lo que se pudiese decir desde adentro.

El naoma me abrazó aceptando el evidente liderazgo. Me sentó a su lado y sin dejar escapar una sola palabra, pintó mi pecho del color de las piñas. Luego sacó de su mochila una máscara de jaguar.

—La madera es de un trozo de cayuco gigante de invasores —dijo el naoma mostrando la máscara a todos los que nos aglomerábamos a su alrededor.

De alguna manera creía que al ser madera traída de tierras de blancos, poseería su poder. Me la colocó sobre el rostro, la sujetó con fuerza y rogó a Gauteovan su protección.

La historia se repetía. Sin vasijas de barro o amigos alentándome, de nuevo era la esperanza de un pueblo.

No me permitiría fallar otra vez. La apreté aún más a mi cara prometiéndole a mi gente y a la madre universal que no me retiraría la máscara hasta el glorioso día en el que alcanzara la libertad arrebatada por los invasores.

Alguien, temeroso por mi reacción, se acercó y habló tenuemente para indicarme que Maseku, mi pueblo originario, había sentido de nuevo la ira de los invasores. Su cacique, el padre de Mirshaya, junto a muchos cercanos a mi vida, habían visto disipar la de ellos en torturas dignas de la mente perversa de los blancos.

No tuve tiempo de conmoverme. Solo volteé para continuar los planes que me hacían mirar hacia el frente sin comprender que el futuro requiere inexorablemente aprender sobre el pasado y actuar en el presente.

Los siguientes dos días sirvieron para preparar la partida de todo poblador de Jeriboca. Con seguridad los blancos vendrían por nosotros con la finalidad de destruirlo todo. El lugar no era seguro para hombre, mujer, niño o anciano.

Al atardecer ya Jeriboca estaba vacío como un estanque seco y su gente apabullada. Por miedo debían aceptar desprenderse hasta de sus muertos enterrados en cada choza como ancestros que aún los acompañaban.

Solo quedaron los guerreros que, desprovistos de cualquier sentimiento diferente al de su rencor, vieron partir a sus familias y con ellas a su propia humanidad.

Prendimos fogatas para que los blancos creyesen que Jeriboca aún vivía. Como un cebo luminoso que sin duda atraería a nuestra presa. Nos elevamos del piso sobre árboles frondosos que ocultaban por completo nuestros cuerpos.

Un grito nos advirtió. Ya estaban allí los invasores en sus animales altos.

Las tiraderas iniciaron un diluvio de lanzas que golpeaban piedra, madera y carne con la misma intensidad.

Sonreía debajo de la máscara viendo estrellarse contra el suelo el cuerpo de cada invasor que se despedía bruscamente de este mundo. Una batalla vertiginosa que dejaba solo cadáveres invasores.

Quisimos reclamar de los muertos blancos nuestro título como manicatos. Cortamos el cabello de las cabezas y con amarres formamos las colas que rodeaban nuestra cintura. Cumplía una ilusión de niño, lo que exterminaba por completo la inocencia de una fantasía que ahora, resuelta, se veía manchaba de sangre oscura y dura. Satisfactoria en aquel instante.

No le permití a nadie tener una cola más larga y gruesa que la mía. Esta debía reflejar mi poder y rango entre los nuevos manicatos y proclamar mi vida como el retorno de Búnkua en esta tierra.

Los ataques a los blancos se extendieron hasta la siguiente cosecha de maíz. Sigilosamente llegábamos a sus pueblos y ayudados por la montaña, dejábamos caer sobre ellos el peso de grandes piedras que aplastaban carne, huesos e ímpetus conquistadores. Aunque los blancos poseían una característica que envidiaba. Siempre contaban con aquel que reemplazara al que ya no estaba, no solo en su presencia sino también en su forma de pensar. Persistían en hacer lo mismo una y otra vez, sin importar el nombre de quien esgrimiera la misma meta.

Muchos juanes se cruzaron en el camino, pero incapaz de ver sus rostros no dejaban de ser invasores que debían ser exterminados para alcanzar la felicidad, que me prometía al final de todo este sendero. Ésta ya no dependía de cómo convivíamos con la naturaleza, cumpliendo los mandatos de la madre de todo, sino de que los otros, diferentes a nosotros, ni siquiera existiesen en nuestro mundo.

La lección la había asimilado de los invasores, a pesar de que en Maseku nos negábamos a practicar su lenguaje corrupto. El blanco no estaba dispuesto a aceptar nada diferente a él y gracias a ello, yo comprendía bien lo que era repudiar lo que no se veía reflejado en mí. En el pasado reconocerlos costó vidas y tierras. Ahora yo no existía para ellos como ellos no estaban para mí.

Agregamos cabello nuevo a nuestro símbolo manicato, para generar confianza en los pobladores de todas nuestras tierras, con lo cual intentábamos dar esperanza de éxito a pesar del contundente avance invasor, cada vez más agresivo y determinado, hacia el interior de la sierra.

Uno veía a su gente, los que sobrevivían, subiendo cada vez más alto en la montaña para escapar de la mano aterradora que sacudía nuestro mundo y arrebataba nuestras vidas.

CAPÍTULO XVI

DE REGRESO A MASEKU

Observé, lejos aún, las palmas altas que de niño subía junto a Nakua. El camino me traía de vuelta a mi poblado.

Huía con mi gente de un último combate fallido. Perdí en aquel fracaso la mitad de mis guerreros. Los invasores, que sorprendí en varias ocasiones sin darles la oportunidad de reaccionar, tenían preparada, esta vez, la respuesta. La gigantesca arma de trueno que conocí en Santa Marta me persiguió hasta darme alcance en la cima de los árboles donde ya no permanecíamos ocultos. Su sonido estridente golpeó la madera astillándola en pedacitos pequeños y con ella la carne de los que la utilizaron de refugio.

Por primera vez contemplamos abandonar el ataque renunciando a la victoria. A la espalda más truenos, la lluvia de cosas destruidas y el miedo de morir. Al frente, correr mientras deslizaba los dedos por la máscara para reconocer su estado. Deformada por astillas de madera que se clavaron con fuerza tras los estallidos, seguía adherida a mi cara protegiéndome de concebir cualquier sentimiento que impidiera mi cometido.

El mismo camino de piedra que vio partir a los tres guardianes del equilibrio, con la ilusión de frenar toda la matanza que había esparcido sangre, envenenando el interior de la tierra y marchitando la vida que sostenía, permitía mi regreso.

A pesar de que me dolía todo el cuerpo maltratado por mi afán de devastar todo aquello que me recordara a los blancos y por las astillas que también se clavaron en mi carne, me enderecé totalmente para mostrar mi nuevo título. Había salido un tonto que no entendía mucho de las cosas que le hablaban, un fracasado guardián, y entraba un manicato, héroe aniquilador de invasores blancos, que no se preocupaba por las palabras ni las reflexiones.

Todos pararon sus actividades. Las madres dejaron de cultivar la tierra con sus manos desgastadas mientras cargaban a sus hijos en la espalda o dejaron de lado el hilo que alistaban para que sus esposos tejieran como lo hacía Peico. Los hombres salieron del templo masticando la guánguala. Los niños dejaron de comer los pedazos de frutas que sobraban de la fermentación, que preparaban algunos para producir las ricas bebidas de próximos festejos. Los que trabajaban la piedra y los metales dejaron de lado sus herramientas. Atendieron la llegada de estos guerreros aterrados por su presencia. Actuaron como lo hacían frente a la entrada transgresora de un invasor sobre sus tierras.

Maseku no tenía manicatos y siempre había corrido senderos diferentes a los de otros pueblos. Tenían que ver el rostro tras de la máscara para comprender quién era yo. Su Kuismei, más fuerte, decidido y contundente; sin embargo, no podía separar mi rostro de la máscara. Había prometido que solo lo haría cuando fuese libre. Entonces no quedó más remedio que ser un desconocido en mi propio pueblo.

Nos pidieron con sus manos que nos alejáramos. Que los dejáramos en paz. Que no quebrantáramos su forma de vida. Eran tantos frente de mí levantando sus manos que no podía centrarme en algún rostro para reconocerle, así lo hubiese querido.

A mis amigos, que no había logrado desprender completamente de mi memoria, lo supe allí, quise encontrarlos repasando con la mirada todos los rincones del pueblo, pero las manos al frente lo hacían imposible.

Increíblemente las vasijas ceremoniales estaban aún colocadas en el suelo una al lado de la otra. Caminé un poco hacia ellas buscando, soñando tal vez, con ver bañándose a mis dos amigos e invitándome a hacer lo mismo para participar de una nueva ceremonia, que me limpiara del hedor a sangre y cuerpos descompuestos. A pesar de la máscara deseé de nuevo bailar junto a ellos escuchando ocarinas. Reír desaforadamente sin comprender muy bien la razón, no entender sus palabras, darle la mano a Nakua para ayudarle a pasar por un risco, desear secretamente a Mirshaya, recibir consejo de Sinnaca, levantarme en las mañanas acabando de soñar con mi padre. Anhelé vivir de nuevo y desprenderme de esta pesada piedra que no me dejaba mover y disfrutar de mi tierra, mi gente y mis amigos.

Las altas palmas, entonces, se movieron incesantemente. Mirshaya siempre decía que eran nuestros propios y aguerridos vigías, que desde las alturas divisaban cuanto ocurriera en la sierra. Apostadas rodeando a Maseku, parecían las primeras defensoras de nuestras tierras.

Los vigías se empezaron a balancear de un lado al otro, queriendo advertirnos del peligro y ahuyentar a los invasores, que acostumbrados a surcar los mares lejanos no se dejaron atemorizar e ingresaron al pueblo como ya lo habían hecho antes, cuando yo era apenas un niño que vio partir para siempre a su padre y hermanos.

Las vasijas de la ceremonia fueron las primeras en romperse pateadas por los animales altos de los invasores.

—De nuevo regresan —gritaron las mujeres.

Perros gruñían anunciando la masacre. Cada uno de los lugares del pueblo que guardaba en mi memoria, porque en ellos había disfrutado de la vida, se empezaron a desmoronar como las figuras de arena que se forman en la playa.

El bahareque del templo ardía con moradores aún adentro. Me acerqué pretendiendo salvarles. Vi sus rostros desesperados y en el fondo reconocí a Sinnaca, que sentado y triste sabía que todo estaba ya terminado. Observaba inmóvil una vasija llena de agua, sin entender los designios de Gauteovan.

Les grité que se acercaran para ayudarles, pero la estructura debilitada por el fuego se les vino encima dando sepultura inmediata a sus cuerpos.

La casa de Nakua también ardía hasta el cielo. Corrí para socorrer a Namyu. Entre el humo pude ver su espalda. Abrazaba a su nieto. Me emocionó encontrarlo a él también ahí y saber que aún podía reconocerlo con toda claridad. En un instante desapareció mi amigo y Namyu, solo, con una última mirada me despidió. Sobrecogido por haberme reconocido a pesar de la máscara que cubría mi rostro, intenté pedirle perdón por haber traído hasta ahí a los invasores. Sabía que habían llegado por mi culpa. Buscaban venganza y yo les permití cumplirla con lo que más amaba. Mi pueblo y mi gente.

No hubo nadie que escuchara mi súplica por pedidos de indulgencia. La choza también cayó sin darme una oportunidad de redención.

Los gritos fueron cesando mientras los cuerpos se acumulaban en el piso. Maseku moría con cada espíritu arrebatado sin que nadie pudiera impedir las acciones insensatas de los invasores, que no comprendían el valor que tiene la tierra más allá de enriquecerlos con cosas que se acumulan.

Yo aún era un guerrero con la fuerza suficiente para morir defendiendo a mi pueblo. Tomé del suelo una macana y con el ímpetu de un manicato acerté varios golpes en los blancos. Su número era mucho más alto. Caía uno y venían sobre mí, dos más.

Pensé que era tiempo de rendirme a los caprichos dementes de estos hombres blancos. No existía ya una razón para pelear. Mi hogar destruido, mis amigos perdidos y la gente que me amaba hecha ceniza, despojaban mi existencia de cualquier sentido de lucha.

A punto de soltar la macana vi a Mirshaya, desdibujada pero reconocible por su largo cabello negro y lacio, sentada sobre el tronco torcido de un árbol justo afuera de su casa. La única que no ardía en llamas. Desesperada se tomaba sus cabellos lacios clavando las uñas en la piel, tal vez para evadir un dolor con otro diferente.

Aún lejos de ella quise acercarme a consolarla. De nuevo recordaba qué era tener amigos y extrañar su presencia.

Unas manos rodearon su cuello, desde atrás, para asfixiarla. Los dedos gruesos apretaban con fuerza para concluir su tarea brevemente.

Cuando la alcancé mi macana la liberó de la atadura de dedos, mientras las gotas de sangre salpicaron nuestra ropa. Quise arrodillarme para abrazarla y saludar el momento del reencuentro; sin embargo, unas nuevas manos tras la espalda me sujetaron a la vez que otras concretaron un golpe en mis costillas. Mi cuerpo perdió toda energía y se dejó arrastrar. Me llevaban desvalido y observando, a la distancia, a una Mirshaya que parecía no darse cuenta de lo que sucedía o que tal vez estaba en otro lugar o tiempo como Nakua.

Respiraba con dificultad por el golpe y jadeaba añorando algo de chicha que limpiara el sabor de madera quemada y sangre que tenía la boca.

El blanco que comandaba la destrucción me llamó por mi nombre mientras me tocaba la barbilla. La apretó queriendo destrozarla con sus manos; sin embargo, las de otro invasor, un monje, se impusieron. Era un hombre de esos que escriben historias sobre hojas hechas por otros blancos.

Cuando el monje habló mi lengua, cometiendo varios errores en su forma de pronunciar las palabras, llevó toda mi atención hacia él.

—Escribo lo que has hecho desde antes de que te colocaras la máscara. Sé de tus asesinatos sin misericordia. De tus actos que desconocen a dios —decía el monje mientras me golpeaba con otras hojas que tenían el símbolo de su deidad. El que traían consigo en cada batalla mientras moría su gente y la mía.

—Y escribo la historia de este gran hombre que te ha dado caza guiado por dios —continuó hablando el monje.

Al alejarse de mi rostro dijo unas últimas palabras, también mal pronunciadas. Habló de mi cabeza cortada y enviada a varios poblados para mostrar lo que le pasaba a todo pecador que desconociese a su dios.

Palabras necias que carecían de importancia. Tal vez se llevarían mi cabeza; pero mi alma era otro asunto que no controlaban ni les incumbía. Cruzaría por el camino que me llevaría al mundo de los difuntos, guiado por la madre de todo.

Alejándose y abrazados, monje y comandante dejaban las huellas propias de un jaguar soberbio.

Los invasores planeaban volver a Santa Marta para que los suyos vieran como se desprendía la cabeza del que les hizo tanto mal. Reforzarían su odio hacia nosotros mostrando las diferencias que nos separaban, y que en su versión de la vida los hacía a ellos más misericordiosos, además de dueños del destino de los otros.

Para cumplir su cometido me subieron a uno de sus animales altos. Era blanco y hermoso. Me deshice de la antipatía que les tenía, porque nunca había podido desligar al invasor de su animal. Disfrutar de su pelaje, al que acaricié por varios minutos, y verme más alto de lo que realmente era, me hacía sonreír y pensar en todas las maravillosas criaturas que Gauteovan había sembrado en partes del mundo que no conocíamos. Hasta en las tierras de los invasores la madre de todo hizo presencia visible.

Su dios también hacía presencia en mis tierras, pero de manera diferente. No era creador. Por el contrario, destruía.

El día en que gané un collar muisca con ciertas triquiñuelas, tuve que justificar mi acto ante Sinnaca. Mi estrategia era clara. Argumenté mis acciones en querer poseer un elemento que sirviera de tributo a Gauteovan. Lo llevaría colgado en mi cuello recordando a todos lo importante que era ella y el sentido que le daba a nuestras vidas. Seguramente la madre universal me veía, decepcionada de que justificara mis acciones en su nombre, sin poder hacer nada más que observar como yo no era capaz de afrontar mis decisiones. Cómo saber si el dios, del que hablaban los blancos, que ya en el estado en el que lo representaban se veía agobiado por sus propias creaciones, no sufría la misma decepción e incapacidad de Gauteovan.

La máscara se desprendió un poco de la cara por el sudor, el movimiento del caballo al caminar o la sensación de querer entender un poco la naturaleza de estos seres blancos que tanto mal representaban, aunque aún no revelaba mis facciones.

Al verle colgado el símbolo de su fe al fraile, que a la par del paso de su animal alto se movía en vaivén, deseé que la madre de todo pudiera consolar a su deidad. Que lo apretara con sus brazos para calmarle cualquier dolor que sufriera. Que él le hablase con cariño a Gauteovan para explicarle por qué el mundo se derrumba y que juntos bajaran a regañar a todos los hombres por destruir sus creaciones y nos pidieran amablemente que detuviésemos toda esa sangre expuesta que dejaba inerte los espíritus de quienes pueblan el mundo.

La travesía de regreso a Santa Marta era apacible. Los pensamientos eran mucho más sosegados que el remolino al que me tenía acostumbrado la ira.

La calma solo fue interrumpida por el malestar que aquejó a los invasores a mitad del camino. Si no hubiesen matado a Sinnaca, él habría encontrado una cura para su mal. Habrían entrado al templo por unas noches y bajo su cuidado escarabajos negros abandonarían sus cuerpos enfermos. Nadie más en estas tierras podía ayudarles.

Este mal les perseguía castigando la prepotencia del que se creía invencible y que siempre viviría para disfrutar de lo que había acumulado.

Sus cabezas empezaron a dolerles. Las sujetaban con sus dos manos por un dolor insoportable. Les hablaba la culpa con una voz tan intensa que no la soportaban, pensé.

Su desprecio por estas tierras, que solo les servían para arrancarles sus riquezas e imponer sus voluntades, era evidente y se reflejaba en sus rostros incapaces de admirar nada que no los enriqueciera. Entonces no era la culpa la que les golpeaba la cabeza.

Arremetidos por la calentura de sus cuerpos se empezaron a sobrecoger acosados por los mismos males que traían de sus tierras o de otras también lejanas. El color amarillo se impuso sobre el blanco de sus rostros, demostrando que eran tan vulnerables o poderosos como cualquiera de nosotros.

Si existía en el mundo un arma que diezmara a mi pueblo y los colocara a merced de sus deseos, más letal que los truenos de sus armas, era el abrazo ruin producido por las enfermedades desperdigadas por los invasores. Pocos como Sinnaca podían enfrentar a la muerte que no provenía de manos humanas.

La manifestación de Gauteovan castigando a estos hombres hizo que tiritaran violentamente sin poder aferrarse a nada en esta vida, más allá de recuerdos refundidos por el calor en sus cabezas.

Cuestioné a la madre de todo por su castigo que parecía extenderse hasta los nativos de esas tierras. Los temblores agobiaban también a mi gente, que enfermos me veían viajar en el animal alto con las manos y pies atados al paso de poblados pequeños y casi desaparecidos. Como borrados por los blancos que tenían la facultad de desaparecer cuanto tocaban. Entonces no estuve seguro de quién castigaba al mundo entero.

De un grupo de cincuenta blancos solo quedaban en pie quince. Y de los quince solo llegaría uno a Santa Marta.

El fraile era el único que no tiritaba, creyéndose resguardado por su dios, mientras los otros con sus gestos le reclamaban, supongo, por no tener la misma protección.

Yo iniciaba con el dolor en mis músculos haciéndolos sentir cansados e indispuestos. La muerte con sus pasos empezaba a seguirme.

La situación fue tan desesperada para los invasores que tuve que ayudar al fraile a cargar en hombros a su héroe cazador; pero a pesar de la ayuda la muerte le aguardaba a poca distancia de Santa Marta.

Aproveché para probarme. Quería saber si le vería el rostro a mi enemigo. La máscara, sucia y con astillas no me lo impedía del todo. Vi ojos, nariz y boca; sin embargo, no parecía tener rasgos diferentes de los otros. Moría como cualquiera de nosotros y el camino hacia otro mundo lo hacía sufrir con dolores y malestares que le maltrataban.

Nunaxe habría sonreído complacido con regresarle la angustia a quien lo había hecho sufrir y vanagloriarse sobre el dolor de su adversario. Seguramente yo mismo lo hubiese hecho de no haber presenciado el final de Maseku.

Derrotado por mis propias acciones ya no podía creerme un dios. Búnkua castigaría para evitar que los malos pensamientos siguieran dominando al hombre y luego daría consejo para evitar que el mal volviera y se extendiera sobre el mundo que ya lo había sufrido. Yo no había castigado para construir sobre el equívoco sino para sumarme a la destrucción. No había dado consejo porque no extirpaba el mal, solo lo cambiaba de manos.

El cazador blanco murió. El fraile, al que solamente le importaba conservar sus hojas con escritos, prosiguió el camino hacia Santa Marta en solitario, sin molestarse por llevarme.

De mí ya obtenía lo que quería, una historia que narraba los actos horribles y pecados aberrantes de un nuevo mundo que se debía arreglar enderezándolo a su manera. La justificación para sus propios pecados y actos desgraciados.

CAPÍTULO XVII

LA MÁSCARA ROTA

No distinguir los rasgos que forman un rostro empezaba a convertirse en una carga insoportable. Fue necesaria para vaciar el alma de cualquier sentimiento que reprimiera el deseo de venganza. Ahora inútil porque carecía de la fuerza física para matar, socavada por un calor creciente en mi cuerpo, y de la espiritual quebrantada por la culpa.

Quería, necesitaba diferenciar entre rostros de invasores. Ellos me arrebataron todo. Hasta el alma que contaminada con sus ambiciones malsanas, no encontraba la paz que otorgaba ver un rostro conocido en un mar de caras cada vez más grande.

Al pequeño Juan lo recordaba en sutiles rasgos. Debía buscarlo para llevarme en la memoria su rostro definido. Imperó la necesidad que tiene un hombre de reconocer el mundo que comparte con los otros.

Planeé el camino que me ofrecía el retorno al poblado que, por primera vez, presenció la ira que aprisionaba todas las fibras de un hombre llamado Kuismei.

El viaje no fue cómodo. Estaba enfermo. A decir verdad, desde que partí con mis dos amigos de Maseku, nada fue fácil y creo que siempre estuve enfermo de formas diferentes.

Bordeé el mar que delimitaba la sierra. Me dejé custodiar por el viento y la arena deambulando entre olas y palmeras. El sonido fuerte, producto de la brisa y el océano, preservaba mi conciencia ante el dolor en los huesos y los recuerdos tristes de batallas que pretendían apagarme.

Me concentraba en los sonidos, admiraba el paisaje que se apagaba con la caída del sol y me refundía en un paisaje cambiante de animales y plantas. Perdido, allí, encontraba algo del sosiego que buscaba con el afán del que quiere partir al otro mundo tranquilo de arreglar lo que hubiese dañado.

Sonreí de nuevo. No lo hacía desde que el perro de cola alegre, que vio sacrificada su vida para protegerme, había lamido mi cabeza. Extrañaba hacerlo con la frecuencia que lo hacía de niño con mis amigos en la sierra.

El recuerdo que fruncía mi boca involucraba a Mirshaya. Bajando de la montaña con Nakua, la vi perdida en pensamientos mientras se despedía de la tarde. Quise distraerla de su tarea con muecas y sonidos que llamaran su atención. Ahora compartía la tranquilidad que en ese momento reflejaba su rostro.

Nakua creyó en aquel momento que la intención de molestarla cesaba por la amenaza que representaban sus cejas tendidas, desconociendo lo que realmente pasaba. Claudiqué por la mano de Mirshaya, que sin despegar la mirada del horizonte que admiraba, tomó la mía con suavidad calmando el menosprecio e incredulidad que yo demostraba por sus acciones apacibles.

Las estrellas, que finalmente se abrieron paso sobre la noche, terminaron de guiar el sendero. A las puertas del poblado de blancos me aposté para escudriñar cada rincón donde pudiera divisar a Juan.

Creí que buscaría sobre las ruinas del poblado devastado que dejé atrás. De manera inconcebible, en poco tiempo, lo habían reconstruido. Pocos sabrían que por allí había transitado la muerte.

Los invasores tenían una capacidad de recuperarse de los golpes, francamente inconcebible. Mi pueblo, destruido, nunca se recuperaría de su paso. Nosotros solo éramos una molestia pasajera.

El desequilibrio entre mi pueblo y el suyo ya era desconcertante. Su arrogancia los fortalecía en el aspecto menos importante de la vida.

—Acumular riquezas y creerte su único dueño atado por el hambre interminable de ejercer poder, es el legado nefasto heredado por los tres jaguares. El abuelo, el padre y el hijo sucumbieron y ahora desean arrastrar al mundo con aquello que los perdió del gozo de la vida. No escucharon lo que la madre de todo les pedía. En su lugar quieren que el resto del mundo comparta su sordera —replicaba Sinnaca en un encuentro dentro del templo cuando por última vez le vi enseñar sobre nuestro linaje jaguar. Del que debíamos sentirnos orgullosos, pero prevenidos para no cometer errores que nos alejaran de la ley de la madre.

La arrogancia les proveía de una fuerza descomunal capaz de arruinar el mundo. Nakua, Mirshaya y Kuismei nacieron para resguardar el equilibrio. Sinnaca lo entendió desde el principio y por ello quiso a su lado tres guardianes que encontraran en las reflexiones de la vida, y no en batalla, las respuestas que ayudaran a proteger el mundo sostenido por los hijos de Gauteovan.

De nada sirve custodiar un tesoro si no comprendes su valor. Y este camino, tormentoso y agobiante, tal vez nunca tuvo la intención de garantizar el equilibrio. El guardián debía, antes, comprender el valor de lo que custodiaba.

Susurré ese pensamiento mirando por última vez al mar pretendiendo que viajara hasta atravesar algún oído que no dejara perder lo que yo había comprendido.

Reí tenuemente, siendo lo habitual en mí de nuevo a pesar de la enfermedad que me calentaba los huesos. Una vez más mi mente originaba un pensamiento profundo y tal vez se perdería para siempre. Nadie sabría que Kuismei no era tan tonto porque había aprendido a leer el mundo.

Superados los pensamientos eruditos lo único en lo que pensaba era en encontrar a Juan. No podría hacerle entender la naturaleza de lo asimilado, pero podría verle el rostro para recuperar mi humanidad perdida en el campo de batalla.

No demoré en encontrar el contorno de un niño con características similares a las que recordaba de Juan. Tomaba sus alimentos sentado frente de una mesa bastante grande. Ingresé a su hogar hecho de algo parecido a una piedra y pisos de arcilla endurecida. Una casa similar a la que curioseé luego de darle muerte a su madre.

Di unos pocos pasos que nos pusieron frente uno del otro. El niño temeroso dejó caer la herramienta con la que tomaba la comida. La ropa se le empapó con su propia orina. Estoy seguro de que no reconoció al hombre detrás de la máscara; sin embargo, la huella que había dejado la muerte violenta de su madre marcaría el resto de su vida.

Enmudecido por el temor Juan parecía convertido en una estatua. Aproveché para acercarme hasta rozar su rostro. Exhalé emocionado por verle los rasgos que le hacían ser Juan y no ningún otro. Veía su alma tras los ojos de color oscuro y yo recuperaba parte de la mía.

Si yo conseguía verle él también podría hacer lo mismo. Sabía que Juan, en el futuro, podría negarse a alimentarse del sufrimiento y la muerte, si lograba entender que yo también existía y teníamos un mundo por compartir.

Retiré de mi rostro la máscara astillada y desgastada dejándola sobre la mesa en la que comía, para que me viera tal como era. El niño abrió más sus ojos. Excitado, pensé que era el resultado de reconocerme, y seguramente así fue por un instante. Luego, con sus pequeñas manos, tomó la máscara que yo acababa de abandonar. La miró desprovisto de expresiones. Apretó las manos sobre la máscara y la llevó hasta su cara. La amarró para sujetarla definitivamente en su cabeza y con toda la fuerza que encontró en su pequeño cuerpo, gritó para llamar a la gente que cruzaba frente a su casa.

De inmediato un hombre blanco ingresó y a empujones y golpes me sacó del hogar de Juan. Cientos de blancos invasores me rodearon en solo un instante.

Una lluvia mezclada entre gotas de agua y patadas fueron despegando poco a poco mi alma de los huesos. Juan y su máscara me observaban desde la puerta de la casa. Satisfecho se retiró cuando sintió su primera batalla ganada.

Un pequeño charco de agua y sangre formado al lado regalaba mi reflejo. Ya no tenía maldad ni vestigios de muerte que deformaran mi humanidad.

Escuché de nuevo la corriente de aire y las olas del mar. Envuelto en la tranquilidad de mi tierra me despedí de este mundo rogando a Gauteovan que Mirshaya o alguien como ella pudiera enseñarle a disfrutar del mundo a quien ciego no puede apreciarlo, porque como un hermano menor escapa a su comprensión las cosas de la vida y la muerte, por no haber superado aún una etapa que le limita su juicio.

NARRACIONES

de

MIRSHAYA

CAPÍTULO XVIII

UNA MENTE QUE SE PREPARA

El sol reclamaba su descanso diario mientras pintaba de naranja el cielo para decirle adiós al mundo con su color favorito. Yo admiraba en silencio cada gesto de la naturaleza que se manifestaba en aquella despedida. Recordaba la historia de Aldauhuiku y la mochila pesada que cargaba en su espalda. Pretendió descansar, pero los males del mundo escaparon de su mochila para poblar el mundo y devastarlo. La narración me hacía valorar lo que aún no estaba corrupto por los males esparcidos y me dejaba la reflexión de nunca desatender el cuidado de la creación de la madre de todo, porque un solo descuido daría paso a mayores males.

Kuismei pretendió arruinar el momento con sus habituales monerías al tiempo que Nakua, como héroe dedicado, se interpuso a la ofensa, seguramente, agregando un gesto de rechazo, como solía hacerlo con su amigo.

No podía ver a ninguno de los dos porque me propuse no perder ningún momento de esta ceremonia en el cielo. Sin embargo, tenía otra pequeña tarea por hacer. Deslicé mis manos sobre las de Kuismei para trasmitirle algo de la tranquilidad que me regalaba el sol. La caricia le hizo entender que el momento era importante para su amiga y por ello debía respetar mi decisión de admirar el horizonte de la misma manera como Nakua y yo le dejábamos desahogar todo el rencor que le profesaba a los invasores, en sus prácticas de combate entre árboles que asemejaban a los blancos.

—El día y la noche son aliados para ayudarte a entender el mundo —me dijo alguna vez Namyu, el abuelo de Nakua, cuando me vio tan interesada en ver el horizonte que dividía el cielo de la tierra.

Todos en el pueblo sabían que mi vida la rodeaba la contemplación de todo lo creado por Gauteovan. Cuando nací mi madre me llevó a su pecho para amamantarme, pero decidí primero contemplar la redondez de su seno y los rostros de todos aquellos que esperaban emocionados que me alimentara de mi madre, y cuando vi frustrada mi observación lloré por varias horas como elevando un reclamo. No es un recuerdo vívido en mi mente. Más bien era un relato delicado y emotivo que me narró mi madre hasta el día de su muerte, cuando sucumbió a la maldición que apostaron los blancos sobre nuestro pueblo.

A los siete años la vi partir al mundo de los muertos. Días antes sus ojos, que siempre jugaban siguiendo el movimiento que hacía yo al saltar por las terrazas mientras sus manos recogían el maíz, se vieron enrojecidos e inflamados al punto de aborrecer no poder verme con claridad. La tos no le permitía hablar bien y las manchas en el cuerpo la picaban hasta el desespero.

Una mañana, mientras el sol nos saludaba y le daba la espalda a la penumbra, ella tomó el camino que le permitía transitar hasta el noveno mundo. Se fue observándolo mientras le pedía respuestas.

Ahora yo también le hago preguntas cuando llega o cuando parte intentando comprender qué hay tras la luz y la oscuridad, y cómo alcanzar la armonía de nuestro mundo ubicado a mitad de los cuatro superiores que son tierra del sol y los cuatro inferiores propios de la noche.

La ceremonia que despidió a mi madre fue grande y concurrida. Caciques y naomas de otros poblados asistieron para acompañar a mi padre.

Creo que más que acompañarnos en actitud de respeto, aprovecharon para criticar nuestra forma de vida, según ellos, alejada de las normas que ha impuesto la madre de todo. Escuché como peleaban con mi padre por no intentar contener los desmanes de nuestro naoma Sinnaca y de Namyu, el abuelo de Nakua, argumentando que con sus ideas cambiantes insultaban el legado de nuestros antepasados.

Mi padre era más cercano a la forma tradicional de pensar y un posible aliado para frenar ideas extrañas y salidas de la tradición. Sin embargo, no tenía la fuerza para contenerlos. En el pueblo el respeto que estos dos hombres habían ganado era mayor que el temor por ser señalados de no cumplir con los designios de Gauteovan. Convencidos de ser un camino mucho más fértil a las enseñanzas de la madre todo, les escuchaban e intentaban entenderles.

Sinnaca y Namyu eran como hermanos mayores que intentaban enseñarnos a descubrir el mundo a la vez que ellos lo descubrían también.

Mi padre, en cambio, era más como un hermano menor que no veía más allá de lo que sus ojos le permitían. El límite de sus pensamientos lo daban las costumbres, que no estaba dispuesto a dejar porque le proporcionaban la tranquilidad de no cuestionarse.

A los diez años, por primera vez, un murciélago se posó entre mis piernas para dejar la sangre que ahora me daba el poder de una mujer que podía concebir.

Cuando mi padre vio manchadas en sangre mis piernas me ordenó limpiarme con un algodón y luego me llevó ante Sinnaca para que preparara el encierro de cuatro días, que marcaba la tradición heredada de nuestros ancestros.

Sinnaca recibió con agrado el algodón que serviría para sus ritos mágicos, pero se negó a preparar el encierro. Este significaba preparar a la mujer para recibir al hombre entre sus piernas y luego un esposo que se encargara de ella. Sinnaca conocía de un destino diferente para mí y para dos niños encargados de traer el equilibrio que habían roto los blancos al entrar en nuestros territorios.

La cabeza de mi padre no concebía a una hija que no cumpliera su tarea de ser esposa tan pronto la naturaleza le llamase. Aun cuando el naoma del pueblo la señalara como marcada para un destino diferente.

Mi padre me llevó cargada hasta la casa refunfuñando palabras incoherentes. Me tiró sobre el suelo, le pidió a una vecina que me acompañara y con una mirada que despreciaba todo a su paso se marchó por varios días.

Sola, en la choza, encontré la forma de tranquilizar mis pensamientos dolorosos en los que añoraba tener de vuelta a mi madre. Hallé los elementos para tejer de mi padre y una y otra vez intenté entrelazar los hilos de algodón sin conseguirlo por falta de la guía de alguien que se atreviera a enseñarle a una mujer.

Su regreso, días después, no trajo la tranquilidad que le otorgaba a una niña el regreso de su padre. Acompañado de un naoma de tierras vecinas e imponiendo su poder como cacique, pretendió llevarme para que a la fuerza cumpliera un destino más cercano a sus deseos sin importar los mandatos de Sinnaca. Siempre estuvo en contra de muchas decisiones de nuestro naoma; sin embrago, nunca había llegado al punto de rechazarlas y declararse en rebeldía.

Verme intentando tejer con sus implementos le produjo una ira aún mayor que le llevó a golpearme. Sus actos le trajeron consecuencias. Su hija escapaba al lado de amigos solidarios que quisieron resguardarla ante su pedido de auxilio entre sentimientos de hermandad, y él respondía ante Sinnaca por el atrevimiento de llevarle la contraria con cincuenta latigazos en el centro del pueblo. Aun cuando fuera el cacique su poder se disgregaba ante el apoyo incondicional de todo poblador que veía en Sinnaca la forma de entender los designios de Gauteovan. Fuera de Maseku era inconcebible castigar a un cacique a latigazos, pero nuestro pueblo exaltaba en las narraciones que nombraban a Búnkua el poder de castigar y dar consejo inclusive a los propios dioses cuando se equivocaban sin importar la autoridad que ostentaran.

Retorné con mis compañeros de viaje a Maseku comprendiendo que estaba atada a la tierra que me necesitaba. Volvía sin albergar ningún rencor hacia mi padre que, aunque errado, hacía parte de mi sangre, y con la promesa de Nakua y Kuismei de enseñarme a tejer como lo indicó Peico.

Todos estos recuerdos y reflexiones presidían mi ceremonia como guardiana del equilibrio y se abalanzaron como agua de una cascada sobre mi cabeza, mientras la mañana me advertía que había llegado el momento esperado para cumplir con un propósito que superaba mi propia existencia en el quinto mundo del huevo universal.

Ya en la ceremonia caminé hacia la vasija de barro que me correspondía intuyendo que Nakua me miraba. Dejé caer suavemente el manto que me cubría y le lancé una sonrisa escondida sabiendo que enloquecería. Así fue. Desorientado y nervioso Nakua no sabía cómo acomodarse en la vasija a pesar de que muchas veces lo practicamos. Disfruté viéndole cometer errores que demostraban cuanto le atraía, mientras me colocaba la túnica exigida en esta situación.

Nakua se calmó mientras cruzábamos inadvertidas miradas que solo nosotros podíamos percibir e interpretar.

La ceremonia siguió su rumbo. Del baño en aceites y olores agradables pasamos a prepararnos para una verdadera fiesta en el poblado.

Los tres guardianes desnudos dejaban escurrir sobre sus cuerpos el agua que antes se posaba en las vasijas. Hubiese querido concentrar la mirada en la figura completa de Nakua. Verle y disfrutarle como lo hacía con el horizonte en el cielo, preguntándole por qué me enloquecía el sentir que estaba a mi lado.

Nakua me llenaba en todas las formas posibles. Desde pequeño alivió mis angustias abrazándome o señalándome en la tierra o en el cielo algo bonito para distraerme. Calló cientos de veces para escucharme y me acompañó a cada sitio para abandonar la sensación de soledad que me seguía desde la muerte de mi madre y el menosprecio que mostraba mi padre por mi forma de actuar en este mundo.

También gozaba de él como un hombre que me complacía. Una noche atrás había dejado caer sus caricias sobre mi cuerpo, luego de que yo rozara su espalda con las yemas de los dedos, y lo comí por primera vez hasta hacer que los gritos que contenía en mi garganta escaparan por la madrugada.

Sin embargo, la situación requería de control. Dejé de mirar su cuerpo para no encender fuegos que solo apagarían dos cuerpos unidos frotándose entre sí. Disfruté entonces de colocarme el vestido y adornar mi cuello con los collares propios de una guardiana del equilibrio.

El siguiente paso fue disponernos a danzar. Disfrutaba del baile desde tiempos en los que copiaba a los adultos en los pasos y saltos que daban. Me transportaba. Lograba conectarme con Gauteovan, sentir la tierra debajo de los pies que al ritmo de ocarinas se agitaba por el deseo de agradecer vivir en este mundo.

Cuando la presencia de Sinnaca apagó los cánticos sentí un vacío que me acompañó hasta bien entrada la noche cuando Nakua me abrazó para protegerme del frío y de mis temores, arropados por la manta que nos ofreció Kuismei en medio de un cruce de palabras con Nakua que creyó que yo no entendería.

Sinnaca pronunció las palabras que daban sentido a nuestra marcha, en medio de un abrazo que le alcanzó para cobijarnos a los tres.

No necesitaba advertirnos de la importancia de la lucha por mantener el equilibrio y aun así lo hizo, tal vez pretendiendo que no desviáramos nuestro camino. Los tres ya habíamos sufrido por la entrada desequilibrada de los blancos a las tierras que nos preceden en existencia. Padres, madres y hermanos perdidos hacían parte de las consecuencias de haber disuelto la conexión con nuestros dioses en una tierra donde imperaba ahora la inestabilidad entre las fuerzas que mueven el quinto mundo.

El abuelo de Nakua nos entregó las cinco mochilas con los objetos que Sinnaca había preparado. El fin de nuestro viaje se sustentaba en llevar al templo que se erguía en la cima de la sierra, elementos que fuesen del agrado de la madre de todo. Sentirnos huérfanos de su presencia protectora nos robaba la fuerza para subsistir. En muchas ocasiones sentimos que nos castigaba por alguna acción que le había ofendido, no obstante, ahora el sentimiento era más devastador. Al parecer ya no éramos de su interés, porque no respondía ni a nuestro dolor ni a nuestras pérdidas a causa de la invasión de los blancos en nuestros territorios.

Sinnaca estaba agobiado por la impotencia y no sabía de qué otra forma recuperar su conexión con Gauteovan. Yo compartía la idea de crear un nuevo vínculo con la madre de todo el universo. Diez años contemplando el cielo y la tierra, bajo el manto naranja del despertar del día o el retorno de la noche, me permitieron percibirla de una manera diferente. Divisar a Gauteovan en sitios diferentes a las lagunas o los ríos; verla en cada grano de tierra o arena, en cada animal que emerge, en cada acción que permite la danza de la vida y de la muerte, y en los ojos de quien es capaz de contemplar y admirar todo ese esfuerzo natural propio del movimiento del huevo, que ha construido Gauteovan para que existiera algo y luego para darle un sentido a su existencia.

—Nada existía, pero todo estaba allí, resguardado por la madre. Solo el mar de Gauteovan lo cubría todo y no concurría nadie para contarlo. Ni sol ni luna ni nada —narraba Sinnaca en el templo y yo de niña lo escuchaba escondida detrás de las paredes de bahareque, porque la entrada al templo estaba prohibida para las mujeres.

Sus descripciones sobre lo que había antes del primer tiempo me llevaban a reverenciar y admirar cada cosa que veía al contemplar el horizonte. No había nada y ahora está todo. Una idea suficiente para emocionar al que disfruta de su existencia y para angustiar al que ve como toda esa creación se deshace entre acciones insensatas, movidas por las ansias de poseer todo cuanto hay para dominarlo a su voluntad. Esas que exhiben los blancos a cada paso que dan sobre la tierra.

Ya era necesario terminar los festejos y las palabras de guía. Nakua vio a su abuelo alejarse, Kuismei se despedía de Sinnaca en silencio y yo intentaba encontrar a un padre entre los ojos agobiados de un hombre que deseaba con intensidad abrazar a su hija que se marchaba, pero que mantenía la compostura propia de un cacique poco convencido de los pasos de su descendiente.

La marcha entonces se puso en movimiento alumbrada solo por la luna tenue de esa noche. Un pueblo reducido a tres compañeros que caminaban sobre piedras de esperanzas para hallar respuestas y un camino que les liberara del yugo invasor.

No parecía una travesía imposible de cumplir. Los dioses debían estar por allí, deambulando en sus propias reflexiones o contemplando sus creaciones, despreocupados de las consecuencias que se manifestaban en actos horribles de sangre y muerte sin sentido. La tarea encomendada entonces, se centraba en encontrarles para mostrarles el mundo que han dejado de custodiar y con el que no han querido volver a hablar.

Debía saber si el problema era la desidia de Gauteovan que no ayudaba a contener a los blancos o la incomprensión sobre cómo funcionaba realmente este quinto mundo y cómo se conectaba con los otros del huevo del universo.

El camino trajo consigo preludios oscuros sin reparar en si nos alumbraba el sol o la luna. No hablo de los esfuerzos físicos por cruzar riscos inquietantes o caminos intransitables. Estos lo hacían divertido trayendo un aire de aventura que llegaba a emocionarnos como niños. Tenía que ver más con las dificultades propias de un estado de nervios incontrolable que emergían entre las alas de siete murciélagos, que hablaban de infortunio y que salían a surcar el cielo nocturno dejando la sensación desagradable de sentir que algo no estaría bien en el futuro.

Kuismei que no podía entender más de lo que se permitía en su cabeza, no comprendía el mensaje que dejaba el vuelo de siete murciélagos. Nakua, un poco más observador, sabía que todo en esta vida tenía un significado. Y yo reconocía que el mundo nos hablaba en formas tan diferentes, que éramos nosotros los sordos que pretendíamos no escucharle. Había aprendido de otros que siete murciélagos revoloteando sobre la cabeza traían malos augurios. Heredé ese conocimiento que luego puse a prueba en secreto.

A los doce años decidí seguir a un murciélago que comía una guayaba sin saber que lo observaban. Lo seguí hasta una grieta en la montaña lo suficientemente grande para permitirme entrar. El techo gemía y se movía ante mi presencia. Eran hermosos y dignos de respeto más allá de la sangre menstrual que simbolizaban en las historias que contaba Sinnaca en el templo. Yo veía como llevaban la vida de una flor a la otra extendiendo su existencia por la sierra.

El presagio oscuro no se relacionaba con la presencia de estos seres en la cueva. El problema se relacionaba con la cantidad que voló sobre nosotros. Siete, el número que rechazaba mi gente. Se entremezclaba lo que había aprendido de los ancestros que iluminaban el camino de mi pueblo con mis descubrimientos y mi propio legado.

Rechacé la presencia de siete hombres que cubrían sus rostros con las máscaras más bonitas de murciélago que yo hubiese visto alguna vez, porque su existencia me recordaba el poder de este ser malinterpretado por el hombre, en medio de la imperfección del número siete.

La angustia nos llevó a huir soportando penumbra, frío y la lluvia que se rehusaba a que encontráramos la luz, ni siquiera en una antorcha. La mano de Nakua era lo único que guiaba entre la sombra obligada, porque su frustrada preparación como naoma le daba la habilidad de observar tras el velo negro de la noche.

Las piedras que daban la entrada al templo de la montaña alta anunciaban una pequeña victoria para los tres guardianes del equilibrio. Aunque las piernas aún me temblaban por una combinación de frío y miedo, debía preparar una ceremonia que permitiera contactar con la madre de todo.

Sinnaca me había explicado, unas noches atrás, cómo debía colocar cada ofrenda. Sin que nadie más se diera cuenta, permitió que entrara al templo aprovechando que los hombres preparaban la iniciación de los tres guardianes.

—Quién más que tú para entender lo que quizás yo no he entendido. Intuyes tantas cosas porque conoces el poder de mezclar lo que aprendiste de otros con tus propios descubrimientos. Tu voz puede hablar con la claridad que da ver el horizonte sin dejar de lado cualquier rincón que se pueda observar. Puedes equivocar también tus pasos; sin embargo, tienes la fuerza para al final diferenciar o conectar el pasado del presente y proponer lo que podría ser el futuro —me dijo Sinnaca antes de empujarme para que saliera del templo sin dejar pruebas de mi paso por allí.

Nada que demande esfuerzo es fácil. Esa noche una serie de sucesos me separó de Nakua y Kuismei. La conexión con la madre de todo pareció seguir muda y las fuerzas por proseguir diezmadas por las aguas que bajaban de una montaña que se calentaba y desmoronaba. El reflejo del río espontáneo parecía develar mujeres y hombres que nos impulsaban. Tal vez los culpables de que la sierra se sintiera más caliente y naciera aquel río extraño que nos empujaba. Nakua intentó tomar a uno de ellos entre los reflejos. Era la última vez que le vería en aquella travesía.

CAPÍTULO XIX

RETORNO AL TEMPLO ALTO

El agua revolcaba la balsa improvisada. No había nadie más sobre ella. Pensé que la furia de la corriente había lanzado a Nakua y a Kuismei al río espontáneo que se formaba desde la cumbre de la montaña.

La avalancha combinó el agua con la tierra y ramas que arrastraba empujando todo al cauce de un río que se vio crecido como una nueva montaña.

La pared de bahareque que sirvió como balsa resguardó mi vida hasta el momento en el que se deshizo en astillas. Entonces la responsabilidad de salvarme recayó en mis brazos que lucharon para acercarse a la orilla.

Respiraba agitada porque el aire aún no volvía del todo a mi cuerpo y el cansancio se intentaba oponer a cualquier movimiento. La mente por su lado se ocupaba en cómo salvar la vida arremolinada en ideas confusas.

Aún jadeante como pude volteé mi cuerpo de la manera que me permitiera observar de nuevo a la montaña. De manera inconcebible el manto blanco que cubría la vida en la sierra desde la cima ya no estaba. Disuelto por un calor extraño que provenía de múltiples tierras lejanas, ahora era solo agua y lodo que descendían.

La sensación de pérdida era abrumadora. Nakua y Kuismei, la sierra y su manto, todo extraviado en un solo instante. Aunque fuerte en espíritu siempre me han considerado los otros, en esta ocasión sucumbía a la idea de seguir perdiendo a la gente que amo y a la tierra que venero.

Con el cuerpo maltrecho me coloqué en pie para buscar el consuelo de encontrar a alguien que escuchara mis lamentos. Entonces vi a muchas personas muertas y a otras que intentaban recobrarse del azote de agua, tierra y pedazos de madera.

La gente corría a levantar cadáveres o socorrer débiles cuerpos que no podían sostenerse solos. A su pueblo lo golpeaba parte del velo blanco que antes cubría la cabeza de la sierra.

Una mujer y su hijo sirvieron de apoyo a mis brazos cuando se acercaron precavidos por la presencia de un extraño que no pertenecía a este lugar. Su choza proveyó de descanso a mi cuerpo maltrecho y escaso de fuerza para levantarse por sí solo. Su presencia me otorgaba el alivio de sentirme escuchada. Narré el viaje de tres guardianes del equilibrio, detalle a detalle por varios minutos deshaciéndome del peso que tenían en mi mente los acontecimientos que me separaban de Nakua y Kuismei.

La madre y su hijo escucharon los relatos sin detenerme aun cuando parecía que solo entendían la mitad de lo que les decía.

La lengua de la madre y su hijo, que interrumpió con preguntas buscando aclarar de dónde provenía mi historia, compartía palabras con la mía; sin embargo, sutiles cambios me advertían que algo extraño sucedía.

Recuperadas las fuerzas que permitían que mi cuerpo se moviera, quise aclarar lo sucedido y establecer en qué lugar me encontraba. Interrogué a la mujer, pero no podía darme una respuesta. Ella, más confundida que yo, intentaba explicarse cuál era mi origen.

Pretendí salir por la puerta. Una especie de naoma se interpuso entre la pared de bahareque y el suelo que me daba paso a su tierra. Le increpé por su inoportuna presencia que evitaba que saliera con el desespero de no entender lo que sucedía y la desconfianza por lo que dijera un naoma que no conocía y que tal vez sería tan obstinado como los que se enfrentaban a Sinnaca por sus ideas diferentes, que pretendían equilibrar nuestros conocimientos ancestrales con nuevas formas de entender el huevo del universo.

Los ojos del brujo se hincharon mostrando el asombro de escuchar las palabras con las que intentaba ofenderle. Las entendía por completo. Empezó a gritar desaforadamente "Teyuna", invocando a alguien que yo le recordaba.

Lo empujé para finalmente liberarme del obstáculo que me impedía ver la tierra que pisaba y encontré a todo un pueblo que me observaba confundido entre sentimientos de pérdida por aquellos que partieron al mundo de los muertos por culpa de la avalancha, y de esperanza, reverencia y asombro por una extraña que les recordaba su pasado.

No era mi pueblo, o al menos el que recordaba. Aunque el horizonte me regaló de nuevo el disfrute de mi sierra; ciertos parajes, a lo lejos, se veían y emanaban una fuerza diferente. La mujer y su hijo me llevaron de vuelta a la casa de bahareque y me ofrecieron una bebida fermentada buscando que me tranquilizara.

El naoma nos siguió hasta la choza sin dejar un solo momento de mirarme. Me intimidaban los ojos que me observaban repasando una y otra vez mi cuerpo como si fuera el resultado de alguna manifestación inquietante de Gauteovan. La incursión del chamán duró hasta que intentó convencer a sus ojos con la ayuda de sus manos. Quiso tocarme el cuerpo lo que le mereció un empujón con las piernas, que lo llevó hasta el otro lado de la casa. No podía confiar, hasta ese momento, en él ni en esa gente extraña que lo acompañaba desde afuera de la choza y de los cuales escuchaba murmullos a medio entender.

Solo la mujer logró tranquilizarme. Con palmaditas en la mano intentó convencerme de ceder ante las pretensiones del naoma. Logró que le escuchara, pero aún le separaba de mi cuerpo con las piernas estiradas y listas para patear de nuevo.

Utilizó una lengua extraña que pretendía combinar la suya con la mía, aun así, logró comunicarse. Me habló de una magia que me había traído hasta su tiempo y como los antiguos habían enviado a uno de los suyos para apaciguar el ímpetu de los jaguares y la ignorancia de los hermanos menores que de apoco ayudaban a que el mundo se desmoronara dejando caer las columnas que lo sostenían.

Todo lo dicho me abrumaba, este no era mi tiempo ni mi gente. A los blancos los llamaba hermanos menores. Hablaba de los tres jaguares y el fin del mundo, similar a los relatos que escuchaba de Sinnaca, mientras me mantenía escondida en el templo. Ahora vívida historia en la que este naoma, que prefería que le llamara máma, se resguardaba para preparar a su gente y afrontar el final de los tiempos, donde los hijos de la madre desfallecen en su empeño de sostener el mundo.

Con pocas palabras describió el final del pueblo de la sierra. Los llamaba los antiguos porque ya no estaban en esta tierra y los describía como sus ancestros más importantes.

Todos a quienes yo conocía y amaba eran ahora ancestros. Gente que se había marchado y que tenía que limitarme a recordar porque en una acción mágica, según explicaba el naoma, había viajado desde mi tiempo al suyo.

Renunciar a toda una vida no parecía concebible en ningún tiempo. Lloré y me lamenté todo el resto de la noche, sentada en la puerta de la choza atándome los brazos al resto de mi cuerpo para no dejar que el frío de la madrugada y la confusión de los pensamientos diluyeran mi cordura.

Un suspiro profundo y el sol calentándome la cara dieron por terminada la tormenta de lágrimas y sollozos al cielo. Irrumpí en el templo del poblado entre reclamos del máma que me exigía el desalojo. Me impuse a su pretensión recordándole mi estirpe de mujer antigua. No me interesaban sus reparos estúpidos. Si la madre de todo me había separado de mi gente para emprender una misión en un tiempo diferente al mío, debía conocer este nuevo mundo para develarlo y comprenderlo. Tendría este hombre que ayudarme a entender el propósito de mi presencia.

Intimidado por una postura recia y sin más remedio que atender al pedido de la representante del pueblo, el máma aceptó que lo acompañara.

Le hablé de la tarea de tres guardianes que debían buscar el equilibrio roto por los blancos que habían invadido todos nuestros territorios, y al parecer el mundo entero.

Explicó que no renunciaba a buscar el equilibrio, aunque entendía que, por más que lo intentara, los oídos sordos y enfermos de los hermanos menores no escuchaban lo que su pueblo tenía para decirles.

Aseguró que el problema ya no eran las tierras arrebatadas por los blancos o sus costumbres aplastantes de todo lo que no compartía su misma forma de vivir.

—Poderosos caminan sobre un mundo que no entienden. Los blancos no son un pueblo que se deje dar consejo —me dijo el anciano antes de darse la vuelta y partir con los hombres que entraron al templo cuestionándole mi presencia en el lugar sagrado.

Aproveché para salir y observar un poco más detenidamente. Con la fuerza que repone la mañana vi las primeras maldiciones traídas a estas tierras por culpa de los blancos invasores. Un pueblo sacudido por la desgracia de perder a su gente, por culpa del calor incontrolable que podía derretir una montaña blanca por completo, despedía en tributo a sus muertos.

Acompañé la procesión mientras la mujer que me ayudó la tarde anterior y que me dio albergue, María Luisa, porque con ese nombre extraño la llamó su hijo, me custodió en todo momento, orgullosa de explicarle a un "antiguo" cómo subsistía su pueblo.

Los cuerpos envueltos en los chinchorros que les acompañaron en vida se recogían como en la placenta de su madre, para iniciar el camino que deberían transitar por nueve pueblos y tres ríos.

La tristeza estuvo allí pero no se le permitió convertirse en lágrimas para no desbordar los ríos que atravesarían. Al final, cada uno de los vivos continuó su rumbo, porque estos tiempos eran difíciles y no otorgaban ninguna espera.

La gente aún cultivaba. Llegaba de lejos cargando la cosecha y tenían animales y otras cosas que yo no conocía.

Luego del entierro caminé por varias horas para observar cada detalle que me diera pistas de las costumbres de este pueblo.

—Al menos no lograron destruir todas nuestras tierras —le mencioné a María Luisa mientras acariciaba al animal peludo del que ahora se puede sacar el hilo para tejer.

Sonrió mostrando lástima por mi falta de conocimiento. Me señaló con el dedo hacia las partes bajas de la sierra, desde donde se advertía un horizonte gris construido por los hermanos menores, carente de la belleza y claridad que tenía el que se podía contemplar aún desde la parte alta de la sierra.

Esa noche no dormí. De nuevo mis ojos se negaban a cerrarse. Era difícil dejarte llevar por el sueño cuando intentas descubrir y entender cada cosa que te rodea y aquellas que ni siquiera se insinúan.

Tomé la decisión de viajar para conocer el nuevo mundo y enfrentar definitivamente el fantasma de los blancos que invadieron mi tierra en el pasado. Primero viajaría a Maseku para intentar reencontrarme con los recuerdos de una vida que había perdido su continuidad y luego volvería al templo de la montaña alta para rendir tributo a mi amigo Kuismei y despedirme de Nakua o dejarle penetrar más en mi mente al sentirle perdido en el mundo de los muertos, al que yo aún no pertenecía. Finalmente bajaría de la sierra a la tierra de los blancos. Pensar en todo ello me permitió por fin aplacar la ansiedad y abrazar el descanso del sueño cuando la mañana ya se vislumbraba muy cerca.

El sol de las primeras horas trajo consigo los murmullos de la gente. Eran tantos que se escuchaban por toda la sierra compitiendo en número y volumen con las aves que le cantaban al alba.

El máma me señalaba advirtiendo a todos de la magia que me trajo hasta ellos desde tiempos antiguos. Las personas se aglomeraron en torno a mi presencia queriendo descubrir las habilidades especiales que envolvían a esta antigua y ancestral presencia. Como si estuviera dotada de un poder especial que les ayudara a corregir sus problemas. No logré auxiliar a mi pueblo, qué les hacía pensar que yo era su salvadora, pensé, al tiempo que reverencié al pueblo que me admiraba, porque eran los descendientes que podía reconocer. Mi familia extendida en el tiempo a pesar de los esfuerzos del blanco por destruir todo vestigio de nuestra existencia.

Nos les hablé a pesar de que con ansias pretendían escuchar ese lenguaje viejo que solo le escuchaban a su máma. Debía iniciar el viaje que planeé en los inquietantes momentos de una noche de desvelo. Saludé delicadamente y luego le pedí al máma que habláramos sin la presencia de nadie en el templo.

Le expuse las necesidades espirituales que me obligaban a partir. Sin estar muy convencido de mis acciones llamó a uno de los hombres jóvenes para que preparara mi viaje. Era una antigua que debía conectar su mundo perdido para siempre con el tiempo presente que la había llamado con algún propósito importante. Eso debía pasar por la mente del anciano que me dejaba ir, seguro de que nada me podría impedir cumplir mi nuevo cometido. Aunque el máma, instruido en muchas cosas, como naoma sabía que yo debía regresar luego de cumplir mi urgencia espiritual. Estaba atada a ellos y con ellos a la madre de todo.

—Sanarás y luego volverás, porque tu misión es aún más grande que la de curar tu propio espíritu —dijo el máma entregándome las cosas que me harían falta en el viaje y que el hombre joven le acababa de alcanzar.

Marché sin más demora. A mi espalda muchos pueblos, unidos por un ancestro y la necesidad de encontrar respiro a sus problemas, me veían partir aún curiosos por la asombrosa magia que me traía desde tiempos tan lejanos y solo contados por los mámas más experimentados a lo largo de toda la sierra.

El camino lo conocía bien. En más de cuatrocientos años que me apartaban de una historia compartida entre familia, amigos, sabios ancianos y Nakua tenía el consuelo de repasar el suelo por senderos que no lograba borrar el tiempo.

Maseku debía estar cerca. En cada uno de los pasos que daba hacia adelante intentaba fortalecerme para soportar el desgarro de un espíritu quebrantado. Sabía que nada de lo que amaba en aquel pueblo se sostenía en este tiempo. Aquello de estar preparada fue una idea a la que tuve que renunciar tan pronto toqué la tierra que me hizo estremecer en recuerdos. No logré sostenerme en pie. El tronco de un árbol que se torcía hacia el suelo recibió el peso de mi cuerpo que desvalido se dejó caer. Los ojos no soportaron el sufrimiento y carentes de fuerza dejaron escapar las lágrimas que encontraban el camino hasta el suelo. Los recuerdos que empezaron a pelearse por un lugar en mi mente me arrancaban pedazos de alma, pegados en las uñas que arañaban la piel de mi cabeza.

El dolor llegó a ser tan intenso que sentí en un instante que me asfixiaba apretando la garganta. Súbitamente la falta de aire cesó al tiempo que recordaba a Kuismei, a sus diez años, indignándose por la pretensión del cacique de buscarme un esposo. Fue determinación y apoyo el que nos permitió escapar, acompañados de Nakua, para evadir las intenciones de mi padre en un viaje hasta la orilla del mar.

En mi ropa se formaron gotas de sangre. Reflejo de mi sufrimiento, quizás el de alguien más o simplemente de la muerte que desde hacía siglos nos perseguía sin piedad.

Una especie de calma llegó cuando entendí que debía aceptar lo lejos que estaba de todo lo que amaba, para conquistar una vida y un destino nuevo que retomara los conocimientos que aprendí de los que ahora son mis ancestros.

A pesar de la aceptación, vestigios del dolor aún permanecían clavados como astillas en la piel. Un malestar más soportable, pero que nunca podría dejar. Y la astilla más grande y profundamente clavada poseía el nombre de Nakua.

Recuperarse ante lo adverso era una condición que ya conocía. Desde niña, sin una madre, con el ímpetu de un guerrero me levanté cada mañana dispuesta a enfrentar las adversidades que traía la llegada de un nuevo día, en el que el rechazo del cacique se pronunciaba en cada acto de su hija. Demostraba con cada acción que una mujer podía realizar tareas que le eran prohibidas. Quise aprender a tejer y no solo a preparar el hilo. Yo prendía el fuego y no solo cocinaba. Cazaba animales, intentaba dar consejos de lo que yo ya conocía y opinaba, así los demás no quisieran saber lo que pensaba. Sin embargo, reconocía lo importante de las labores propias de una mujer y aquellas también las cumplía con esmero. Ayudaba a sembrar y colaboraba con las madres en el cuidado de sus niños, mientras les contaba las aventuras de tres amigos que deambulaban por la sierra.

En varias oportunidades, cuando ayudaba a recoger las cosechas, algunas mujeres me preguntaban si hubiese preferido llamarme Mirshayo. Tentador nombre, pero no requería ser un hombre o comportarme como uno para sentir que poseían valor mis actuaciones. El valor lo dan las acciones —decía Sinnaca en sus enseñanzas del templo y tenía toda la razón. Así aprendieron a quererme y respetarme en Maseku, aceptando que podía lidiar con cosas diferentes de la vida.

La mujer que sabía enfrentar adversidades, debía regresar al templo de la montaña alta o al menos al lugar donde había estado en el pasado para intentar encontrar las razones de su extravío en un mundo ajeno. Repasé los pasos que antes había dado sin más remedio que aceptar la soledad. No hubo ayuda para cruzar los riscos ni una cobija compartida. Siete murciélagos no volaron por encima de mi cabeza y la lluvia no pretendió ser una enemiga que me robara la luz y retrasara los pasos hacia la cumbre.

Luego de dos días el camino se detuvo frente a las ruinas de un templo del que nadie supo nada, porque una avalancha se había llevado sus paredes y el olvido en el tiempo había borrado prácticamente todo el sendero de piedra que le hacía resaltar en la montaña.

La calma de nuevo quebrantada por la necesidad imperante de entenderlo todo, más si se ha perdido todo, me llevó a cuestionar la voluntad de Gauteovan, golpeando repetidamente con la mano los escalones borrosos en piedra, que daban entrada al desaparecido templo. La maldije por no cuidar de mi pueblo, por dejar que su propia creación se destruyese, por darle el poder a otros de dominar a su antojo y por separarme de Nakua sin darme la oportunidad de siquiera despedirme, arrebatándolo de mi vida sin dar la ocasión de una última mirada.

Las piedras no me hablarían así que corrí a una pequeña laguna que se formaba justo al costado de lo que antes fuera el templo de la montaña alta, que permitiría a tres guardianes comunicarse con la madre de todo el universo.

Fría agua recibió mi cuerpo desnudo. Me comunicaría con Gauteovan o moriría congelada. En aquel momento las dos opciones parecían solucionar mi sentimiento de abandono.

La laguna se abrió como una puerta. En las narraciones de Sinnaca un hombre abrió una entrada hasta el mundo de los muertos para buscar a su mujer perdida. De regreso tuvo que cerrarla para siempre evitando que seres de aquel lugar lo persiguieran. La puerta en la laguna se entreabría invitando a atravesarla. Me dejé arropar por el agua rogando encontrar las razones de un viaje inconcluso por más de cuatrocientos años. Cuando intentaba cerrar los ojos, ante el silencio de la montaña, creyendo que la segunda opción ya estaba elegida, le sentí sobre mis hombros. Nakua nadaba encima de mi cabeza. Con desespero pretendí halarlo de los pies para traerlo conmigo y él intentó alcanzarme con su mano. La emoción se desvaneció como su cuerpo entre las aguas de una laguna que se veía rebozada de agua producto de las lágrimas dispersas de un hombre.

Los primeros días en los cuales Nakua no hacía presencia constante en mi vida. El mundo sin él se me hizo gigante y difícil de soportar. No me dijo adiós y al mundo que nos separaba parecía no importarle mi dolor.

—No puedo entender. Te marchaste y no hay explicación. Compartimos los cuerpos y las ansias de permanecer juntos antes de todo esto, sin saber que nos separaría algo sobre lo que no teníamos decisión— grité empujada por las corrientes de aire para dejar ir algo de ese dolor que creía superado.

Salí de inmediato de la laguna tiritando de frío y con la frustración de no ver más a Nakua. Ya no estaba, aunque el pasado que tejió con hilos de esperanza permanecía. Lo vi en sus ojos mientras se disipaba. Contaba conmigo para cumplir el cometido de contestar las preguntas que en silencio nos hacíamos, los que nacimos bajo el resplandor de todas estas tierras. ¿Por qué la madre de todo permite semejante destrucción a su propia creación? ¿Por qué nos somete a todas estas vejaciones si solo queremos proteger su legado?

Ponerme de nuevo la ropa permitió que recuperara en algo el calor que requería para regresar con María Luisa y su gente. El templo, ahora inexistente, tenía para despedirme una suave brisa que bailaba alrededor de mis orejas. La voz de Kuismei se escuchaba entre los silbidos del viento regalándome sus pensamientos. —El guardián debía, antes, comprender el valor de lo que custodiaba —decía la voz que viajaba con el viento, mientras proseguía el camino en busca de más oídos que le escucharan.

Nakua y Kuismei ya no estaban; sin embargo, no dejaría de lado el legado de sus enseñanzas. Me despedí de ellos caminando de espalda a la vez que me alejaba del templo, en un acto de amor y reconocimiento a sus vidas y a lo que significaron en la mía.

Superada la despedida caminé rápido preparando en mi mente los pasos que daría para contestar preguntas atragantadas y sin respuestas, y reconocer el valor de lo que custodiaba como lo aconsejó mi pasado.

No estaba muy segura de que realmente Gauteovan se hiciera la sorda o no le importara el destino del mundo que había creado. Era fácil culparle por el abandono para renunciar así a responder por nuestros propios actos indolentes.

Dos días de camino me trajeron de vuelta al poblado de María Luisa. Allí podrían guiar mi nueva tarea. Debía aprender todo sobre este quinto mundo desconocido, para poder cuestionarle a los blancos su desprecio por el suelo que pisaban, retomando el reclamo ancestral por una irrupción aplastante a nuestra forma de vivir y de pensar, resultado de una voracidad que quiere degastar la fuerza de los hijos de la madre, que sostienen los pilares del mundo. Los confrontaría en su propio territorio para solicitar explicaciones y exigir cambios y respeto por la creación de la madre. Tenían que entender que al mundo no se le reclama posesión. Se nos permite habitarlo y disfrutar de todo lo que nos obsequia y solo espera de nosotros protección.

CAPÍTULO XX

UNA DECISIÓN INQUEBRANTABLE

El retorno al pueblo fue confuso. Cuando me divisaron a lo lejos se levantó un enjambre de personas, similar a abejas ingresando a la colmena. Todos curiosos por la noticia difundida de una antigua que caminaba entre tiempos diferentes. Querían conocerme, tocarme y hablarme. Me abrazaban como suplicando que los ayudara a dar fin a sus angustias. Me recordaba la ceremonia de los tres guardianes. De nuevo se fiaban en mis acciones para poner fin a un tiempo de sufrimiento y vejaciones.

María Luisa logró apartarme de la muchedumbre. Me haló a su choza de bahareque donde me esperaba el máma y un hombre negro que se mostró reverente y amistoso. Habló en una lengua que intentaba asemejarse a la mía, guiado por el anciano que ya le había enseñado algunas palabras propias de mi gente. El lenguaje de María Luisa lo dominaba por completo, tanto que hasta le hacía bromas que la ponían a reír.

Lo que más llamaba mi atención era la forma de vestir de este hombre negro y un artefacto que congelaba el paisaje o a las personas. Una especie de espejo que tenía la magia extraña de dejar un recuerdo inmóvil y guardado para que fuese observado cada vez que se quisiera. No paré de reír por mucho tiempo hasta que me acostumbré a ver en el espejo la imagen de mi cara. El espacio que pasé con el hombre negro por seis meses me daría la capacidad de entender, luego, que el artefacto era una cámara que permitía capturar una imagen y luego dejarla grabada para la posteridad.

Raúl, así me dijo el hombre negro que lo llamara tan pronto me saludó, conocía bien la sierra porque trabajaba con su cámara y sus preguntas para ayudar a que los hermanos menores entendieran el mensaje de los hermanos mayores, que conocían el sentir de la madre de todo y la angustia por perderlo.

Desde su primera visita, Raúl había enseñado cosas de los blancos para que entendiéramos cómo funcionaba su mundo y a cambio pedía conocer cómo vivía el pueblo de María Luisa, para entender qué tenían para contarle al resto de la humanidad. No era el primero que desde afuera se acercaba a conocerles, según me contaron; sin embargo, y a pesar de los hombres de buena voluntad, afuera no se entendía el mensaje. Ni siquiera pretendían escucharlo. Sordo mundo de hombres blancos que nunca escuchaban como lo aseguraba el máma con el desespero del que sabe y no es comprendido porque se le subestima.

El máma había decidido enseñarle a Raúl su lengua primero, y luego la de los antiguos en las pocas palabras que aún recordaba y en las que le había adiestrado su abuelo. Era el fruto de la confianza que se había ganado al defenderles antes los blancos y hacer cosas para que recibieran ayuda y no murieran por culpa del olvido.

Era evidente que el máma apreciaba al hombre negro, porque ni los suyos, algunos los más jóvenes en el pueblo, querían ya aprender la lengua de los antiguos. Parecían más cautivados por el mundo blanco que por el de sus ancestros.

Superados muchos días, Raúl, con una paciencia inquebrantable, decidió a regañadientes enseñarme su lengua y la forma de vivir de los blancos. Él aseguraba que la humanidad debía aprender de la forma de vivir de los antiguos. Yo le suplicaba que me enseñara sobre las cosas de los blancos, porque debía entenderles hasta en el más pequeño de los detalles. Su renuencia en un principio tenía que ver con la posibilidad de que se perdiera mi esencia ante la avalancha de costumbres y formas de pensar contaminantes de los hermanos menores. Pero era una mujer fuerte que no me dejaba controlar por lo que otros simplemente me dijesen. Mis acciones eran el resultado de las convicciones que me movían y que nunca renunciaron a entender que convivíamos con otros que también merecían todo mi respeto. Ellos y yo deberíamos ser el fruto de un árbol que sembráramos juntos. Tuve la idea de comparar la situación recordando el árbol que me dejaba recostarme sobre él, al borde de la sierra, para disfrutar del horizonte que despedía la noche o saludaba el día.

Los días pasaron entre lecciones de lengua, costumbres y artefactos blancos, y paseos por la sierra disfrutando de la compañía mutua entre una antigua, como aún me llamaban, y un hombre negro que tenían para intercambiar conocimientos, relatos, sonrisas y miradas cruzadas entre momentos de completo silencio y cercanía.

También saludaba a personas que viajaban a conocerme desde los lugares más alejados de la sierra o compartía momentos con el máma y otros líderes que rogaban a todos guardar el secreto de mi presencia para que los hermanos menores no viniesen a dañar el fruto de la tierra con sus insensateces.

La discusión se levantaba todas las noches ante cada fogata intentando comprender el camino marcado por los dioses para decidir si develar la presencia de la mujer antigua y así salvarles de sus males o resguardar para siempre el secreto y mantener la conexión con sus ancestros.

Dejé que hablaran por días sin intervenir en las conversaciones. Sin embargo, la decisión sobre mi destino recaía en Mirshaya, sin dejar de lado el pensar cómo les afectaría para bien o para mal a los demás. De nada les había servido cientos de discusiones nocturnas, porque la decisión estaba tomada. Esta antigua bajaría de la sierra, de donde ahora un pueblo está cautivo en el olvido, para observar el mundo, reflexionar y finalmente actuar sobre él. Cientos de años buscando una solución para la locura esparcida por los blancos invasores y ahora la tarea debía ser terminada por una nueva generación de pobladores.

La noticia no cayó bien entre las autoridades ancianas y el máma, que vieron usurpado su poder de decidir en la comunidad. A pesar del malestar aceptaron el único camino que les dejaba las circunstancias. Pidieron a Raúl que me acompañase en cada instante de la nueva travesía para protegerme de los peligros propios del proceder de los hermanos menores.

Todo estaba dicho y todo faltaba por hacer. La noche culminó con música, bailes, chicha, historias y consejos. Como lo hacía Sinnaca, el máma se sentó a narrar historias que venían de un pasado aún más antiguo del que vivía mi gente. Sus historias compartían las mismas acciones que las pronunciadas por Sinnaca, aunque con protagonistas de nombres un poco diferentes. Habló de los tres jaguares y su pretensión de destruirlo todo.

—Ocultos saben seducir para preparar sus artimañas destructivas. Abuelo, padre e hijo compartían un mismo destino castigados por su hambre desaforada. Eran buenos, porque de ellos venimos, pero se desviaron del camino que debían transitar. No aprendieron a comportarse como lo manda la madre y ahora deambulan ambicionando emerger de la forma más equivocada, donde la razón y el sentido de convivir no caben en la mente cerrada del que solo se ve a sí mismo —dijo el anciano mientras acomodaba las brasas de la fogata ya casi extinta.

Aquí, en este tiempo, también se imponen los tres jaguares contaminando con el mal de la insensatez todos los lugares por donde se asoman. La mochila de Aldauhuiku se continúa cayendo al suelo dejando escapar males casi incontrolables. Abuelo, padre e hijo escaparon, seguramente, desde el primer momento de aquella mochila.

Recién el día se descubrió tomamos el camino que llevaría hasta los blancos. Raúl almacenó sus cosas en una mochila grande, porque tenía mucho que guardar acosado por cantidad de elementos, que, aunque bonitos, no dejaban de ser un estorbo. Yo solo requería la que utilizaba todo el mundo en la sierra y que había tejido el hijo de María Luisa. Pequeña y cómoda para llevar un par de cosas que sirvieran a los propósitos más importantes.

—Qué harás luego de conocer la tierra de los blancos —me preguntó Raúl con la voz del que sabe incierto el futuro que le espera.

—Buscaré la guía y el consejo de Gauteovan en cualquiera de sus formas de manifestarse ante nosotros y si no la hallara, indagaré respuestas en los hombres que descubren cómo funciona el mundo, de los que tú me has hablado y de donde vienen todas las cosas nuevas que me has mostrado. Y cuando sus respuestas no sean suficientes de nuevo buscaré a la madre del universo —le dije a Raúl mientras acariciaba su mano para darle tranquilidad y para disfrutar de su compañía.

Luego le pedí que me llevara al lugar más hermoso que había visto sin conocerlo. La manifestación esplendorosa de la presencia de Gauteovan. Él me la había mostrado en una fotografía. La llamaban Caño Cristales. Un lugar donde la madre de todo se vestía con aguas de colores en un arcoíris que no se elevaba hasta las nubes mostrando la gracia del cielo, sino que se expandía por el suelo develando la majestuosidad de la tierra.

El legado heredado a mi gente y luego a la de María Luisa era claro como el agua de Caño Cristales. A los dioses no se les busca lejos en espacios celestiales. Se les palpa aquí en la tierra donde en verdad se hacen presentes.

Al bajar completamente de la sierra, luego de unos días, se hizo evidente el paso del blanco. Entre más nos acercábamos a ellos, se veía la estela que dejaba estéril de hombres sabios a todas estas tierras. Producía desaliento mirar como la creación de la madre se veía desplazada por caminos grises y estructuras cada vez más altas, que le impedían al sol regalar su luz.

¿Cómo conectarse con la madre si su presencia cada vez es más escasa? —le pregunté a Raúl. Ellos no saben y no les interesa saber de dónde vienen y qué esencia de vida los conforma —contestó al tiempo que me señalaba un jaguar que reposaba sobre un árbol justo al límite del territorio que no podía cruzar o hallaría la muerte, porque los blancos no compartían el suyo a pesar de lo extenso, resultado de robar el de los otros.

Conecté sus ideas con las mías explicándole la presencia de tres jaguares dispersos por el mundo ayudados por los blancos, historia narrada por Sinnaca y también en este tiempo por el máma.

—El animal que descansaba sobre el árbol, como todo cuanto ha creado la madre, es puro y no tiene necesidad de albergar maldad; sin embargo, los tres jaguares, abuelo, padre e hijo son máscaras que han pegado en sus rostros los blancos por la sensación aparente de bienestar que les ofrece la falta de inteligencia, que no les deja ver más allá de lo que hacen —le expliqué a mi compañero de viaje.

La tierra de los blancos ya estaba tan cerca que pude empezarla a palpar al poco tiempo. Un gran terreno de cultivo se extendía sin darle ningún tipo de tregua a la tierra que lo proveía. Si uno alzaba la mirada se veían cientos de gallinazos revoloteando entre el suelo y el cielo mostrando a todos los abusos sobre la tierra. Si los cultivos se extendían más allá de lo indicado era claro que la cantidad de blancos que poblaban el mundo eran un número exagerado. Si en mi tiempo vi como unos pocos devoraban la tierra, se me hacía ahora difícil de imaginar todo lo que le causaban la cantidad poco sensata de blancos que se paraban sobre el mundo.

Sobrecogida, crucé mis brazos no muy segura de soportar todo aquello que se venía por delante. Sin embargo, la sonrisa blanca de Raúl y sus brazos apretando los míos regresaron la seguridad en mi cometido. Él se frenaba cuando creía que me agredía con su forma diferente de querer. Por el contrario, sus manifestaciones de cariño, no conocidas en mi tiempo, lograban acercarme a él sin ninguna prevención. Solo en algunos momentos me molestó su presencia embriagante. Cuando al verlo parecía que olvidaba a Nakua y toda nuestra historia. Su manera de amar no la podía olvidar, pero el tiempo empezaba a marcar un nuevo rumbo en los sentimientos que me poseían. Amaba a Nakua; sin embargo, debía dejarlo ir.

Cuando llegamos a un inmenso pueblo, todo lo que Raúl intentó mostrarme de aquel nuevo mundo en seis meses se abalanzó sobre mis ojos. Los murmullos en los caminos eran tantos e insoportables. Los blancos hablaban tantas cosas sin sentido. Carentes de cualquier importancia las palabras pronunciadas solo evadían al mundo real que opacaban con su insensatez.

Le hice creer a Raúl que estaba bien para que pudiera entrar a una de las casas de piedra y hablara con el amigo que le ayudaría en nuestra travesía hacia Caño Cristales prestándole su automóvil. Esos inventos de material duro que se mueven muy rápido para llevar de un lado a otro a las personas superando a los caballos que antes les permitieron a los invasores adueñarse de las tierras en tiempos de los míos.

En el breve tiempo en que me separé de Raúl vi cruzar decenas de personas que no me advertían o no les causaba molestia compartir el mismo espacio con alguien diferente.

Un empujón disimulado hizo concentrar mi atención en una única persona. Era una mujer con una postura imponente, delgada y bastante alta. Cuando mi cuerpo se interpuso en su camino, porque el suyo pretendió abarcar todo el espacio, quiso aniquilarme con su desprecio. Sin pronunciar una sola palabra sus ojos emprendieron un recorrido por mi cuerpo para humillarlo con miradas ultrajantes. En mis tiempos sus armas de trueno retumbaban por la tierra para rendir a la fuerza nuestra existencia, ahora un silencio abrumador resultaba más contundente.

No le permití intimidarme. Sostuve la mirada hacia su rostro y con mi cabeza muy cerca a la de ella bloqueé sus intentos por escudriñar en busca de cualquier debilidad que le ayudara a arrasarme.

La mujer, entonces, decidió continuar su camino, incómoda por la resistencia que halló en alguien aparentemente más pequeño. Sonreí mirando al suelo por la victoria alcanzada. Cuando subí la mirada pretendiendo divisarla cada vez más lejos, la mujer me sujetó de los hombros empujando mi cuerpo contra una pared para someterme.

Su rostro se cubría con una máscara de jaguar que impedía verle sus facciones y bloqueaba cualquier intento por develar sus verdaderas intenciones. Colocó su codo sobre mi cuello para finalmente reprimir hasta mi voz.

—No eres nadie en este mundo y nada tienes que hacer aquí. Tu pueblo me cortó la cabeza, pero sabían que yo volvería. Ni antes ni ahora, ni siquiera en un futuro, podrán escapar de mi figura. El hambre que yo siento se esparce con fuerza entre la gente y en el fin del mundo, como prometí, me devoraré a todos los pueblos, porque estos habrán aprendido a depender de alimentos que, en lugar de saciarlos, les traerá más hambre. Como el tonto que bebe el agua del mar para calmar la sed, el hombre ambiciona mientras destruye y aniquila lo que quiere, porque por sus mismas manos desaparecerá —dijo el abuelo jaguar constriñendo mi intención de escapar del cerco de sus brazos.

—Arrogante solo ves con tus ojos de odio un mundo inventado que se impone y devasta el natural que ha creado la madre de todo. Tu presencia es inocua para el que se niega a colocarse tu máscara que distorsiona lo que ve. Comparto tu naturaleza, pero no la ceguera que te impide apreciar todo lo que sostienen los hijos de Gauteovan en columnas, que ahora tú desmoronas por el hambre de poseer y destruir, y por una venganza sin sentido en la cual eludes aceptar que la culpa ha sido tuya por extraviar el sendero y transitar el camino fácil de culpar a otros o desviar la mirada para no ver tus propios errores. El jaguar solo se cuida a sí mismo. En su instinto de conservación alimenta su fuerza para que con las justificaciones nadie le cuestione —le repuse mientras alejé su codo de mi garganta e intenté arrancarle la máscara con los pocos dedos que aún tenía libres para reaccionar.

Desprender, así fuese un poco, la máscara de su rostro le dolía. Gritó, me soltó la atadura de brazos y se alejó para darme la espalda como aquel que se niega, en medio de la prepotencia de su ser, a comprender que hasta en el último suspiro se puede aprender nuevos significados de la vida y de todo lo que la rodea.

Pretendí entrar por la puerta que había atravesado Raúl, pero su cuerpo, que salía del lugar, detuvo el movimiento. Me resguardé en sus brazos añorando protección. Podía defenderme sola, lo había hecho desde siempre; sin embargo, el calor de otro cuerpo al que le profieres un gusto por darte la sensación de compañía, ofrece alivio ante las adversidades y obstáculos de la vida.

Al abrazo lo sucedió la petición de una explicación. Mi estado alterado fue evidente, pero no quería explicarle sobre un encuentro incomprensible con un jaguar abuelo. La aclaración que di redujo todo a la simpleza de los improperios de una mujer ignorante de las cosas que van más allá de lo que quiere conocer.

Con las llaves del auto en sus manos Raúl me invitó a entrar a ese artefacto sin vida que va más rápido que los caballos de los blancos invasores. Me costó un poco de trabajo acostumbrarme a la velocidad que descubría un camino desprovisto de detalles. Sin embargo, con la complacencia de Raúl, paramos varias veces a solicitud mía pretendiendo disfrutar de algunos parajes incuestionablemente hermosos. La mayoría, lugares producto de la mano de la madre universal; otros, muy pocos, resultado de la acción de personas talentosas que saben darle bella forma a lo que hacen, similar a un orfebre de mi tiempo o de estos que plasman en su cabeza una figura inspirada, para luego traerla al mundo con una belleza que intenta emular la perfección de lo que es natural.

A pesar de la velocidad del aparato tardamos mucho tiempo en acercarnos a Caño Cristales. La noche junto al sueño detuvieron el viaje porque reclamaban atención. Hicimos caso y paramos en una casa de piedra grande que compartían extraños entre sí a la que Raúl llamó hotel.

Me intrigaba como se cruzaban personas chocando por poco sus hombros, unos con los otros, sin advertir la presencia de quienes les rozaban, embelesados solo con sus propios pasos y con los artefactos de los que salía una luz enrarecida que controlaba sus vidas.

Raúl también tenía varios de aquellos artefactos. Me dijo sus nombres cuando me preparaba en la sierra y me los repitió cuando entramos a la habitación que compartiríamos; sin embargo, nunca los aprendí porque me causaban desconfianza. Con uno de ellos se comunicaba con personas que estaban lejos; con otro cambió imágenes buscando que le contaran lo que sucedía en el mundo y con el último pulsaba letras, buscando la información que requería. A pesar del sueño intentó utilizarlos, pero al ver mi rechazo, quiso explicarme lo conveniente que eran estos artefactos si se sabían manejar con sabiduría.

—Pocos alcanzan una sabiduría como lo haría un naoma, porque no están listos para entender cómo funciona el universo y para darle la importancia a lo que realmente la requiere. La preparación, las experiencias recopiladas y las ganas de actuar son las que dan la sabiduría para conocer —le repuse.

Raúl intentaba reiterarme la necesidad de utilizarlos al tiempo que yo veía en el reflejo de estas pantallas la estampa del jaguar padre. Con palabras e imágenes movía falsamente el mundo a su conveniencia. No entendía bien los mensajes, pero me aterró caer cautiva ante su engaño. No poseía la sabiduría para repelerle como la tendría un naoma o alguien preparado como él. Ellos le sabrían sacar el mejor provecho a algo como eso; sin embargo, yo, aún, no sabría discriminar entre tanto engaño. Le pedí a mi compañero que los apagara, porque prefería confiar en mis propios instintos y conocimientos adquiridos por mi cuenta y en la enseñanza de los que me precedieron.

Descontento los apagó para complacerme. El rostro de hombre molesto cambió súbitamente cuando me le abalancé para besarlo por apreciar mis deseos. Como una montaña que libera toda su fuerza con fuego y cenizas hacia el cielo, estallé en apetito por poseer cada parte de su cuerpo. Desde la sierra se acumulaba cada día un calor que me pedía comerlo. A esa hora de la noche, ni cansancio, jaguares ancestrales que tejían el fin del mundo o reflexiones de la vida importaron en la cama que compartimos para enredar nuestros cuerpos y mezclar gemidos placenteros con palabras bonitas de afecto y ternura.

Una sonrisa simultánea nos envolvió al otro día. Listos para retomar el sendero comimos algo rápidamente y luego continuamos en el automóvil.

La idea de compartir la vida con un hombre diferente a Nakua empezó a acomodarse definitivamente en mi cabeza. No era fácil. Aún decía "nosotros" cuando evocaba algún recuerdo o pretendía hacer algo que en tiempos pasados habría hecho con él. Nakua siempre estará en mi mente, porque no se pueden borrar las personas y situaciones que delinearon quién eres; pero Raúl es mi presente en este futuro tan confuso y determinante. Una nueva historia que estaba dispuesta a escribir.

El trayecto hubiese sido directo de no ser por un grupo de personas que trancaban la carretera por donde transitábamos. Raúl me explicó que se trataba de una protesta. Las personas reclaman algún derecho violentado –dijo y luego salió del auto para indagar lo que sucedía.

La gente cruzaba por la calle gritándole a un fantasma que no les escuchaba. Ni siquiera las otras personas, que desesperadas por verse impedidas para avanzar en sus automóviles, atendían a sus reclamos, más interesadas en continuar sus propios caminos. Era más sencillo que compartir un mismo propósito o sentir una misma angustia.

Raúl regresó al auto moviendo su cabeza de un lado para el otro y con las cejas mostrando descontento. El camino, aún largo y cuando hubo paso, le permitió explicarme. A la tierra de toda esta gente había llegado un monstruo que succiona un oro negro, procreador de varios males. Ya lo había hecho por mucho tiempo, pero ahora quiebra la tierra sobre la que yace.

La explicación, que duró lo que tardó el sol en resguardarse desde su salida, se quedó a mi lado en forma de una de esas pesadillas que te deja intranquila por el resto de la penumbra que rodea a la luna. En ella veía representados los peores temores que pudiera esconder en mi cabeza.

El monstruo rompía a la tierra desde adentro. Estos estúpidos blancos no entienden que quiebran los pilares que sostienen los hijos de la madre —pensé por gran parte de la noche.

Tomó sentido cada palabra que Sinnaca había pronunciado en sus reuniones en el templo y que yo escuché escondida tras vasijas o rincones. En el fin del mundo los cuatro hijos de Gauteovan soltarán las vigas cansados de cargarlas y en el fin del mundo los tres jaguares se devorarán a todos los pueblos. Cada historia entrelazada me mostraba que el final cada vez estaba más cerca. Los hijos no solo dejarán caer las vigas, exhaustos por el peso que le ponemos a su espalda, sino que no podrán sostenerlas más porque quebraremos totalmente las vigas que sostienen. El final no es un momento sino un proceso. Muchas cosas ha hecho el hombre blanco para acabar con un mundo creado por la madre de todo cuanto existe. Cabía preguntarse qué tan cercano estará el final ahora que quiebran las vigas que sostienen todo cuanto hay.

Ir a un lugar no te trae respuestas. Bien lo sabía. Experiencia aprendida cuando los tres guardianes intentaron pedir explicación a la madre por permitir toda la devastación que emanaba de los blancos y por abandonar a su pueblo en medio de la hecatombe sin conseguir, en el templo de la montaña alta, una respuesta.

Caño Cristales no era otro templo del que se pudiera extraer respuestas. Sin embargo, el camino que permitía disfrutar de su belleza podría cumplir el propósito de hallar algunas respuestas y el sentido de cuidar el tesoro que resguardaba un guardián del equilibrio.

El monstruo que quiebra la tierra se fortalecía como muchos otros engendros. Me bañaría en las aguas de colores de Caño Cristales y luego retornaría a combatirle.

CAPÍTULO XXI

EL SIGNIFICADO DE SER GUARDIÁN

Le pedí a Raúl que me dejara sola. Nos reencontraríamos en la ciudad grande de donde partimos. Requería de la soledad para concentrar toda mi atención en explorar y descubrir, la que por su belleza podría ser la casa de la misma Gauteovan.

Con un dibujo que Raúl me había entregado donde se veía la tierra desde el cielo, empecé a orientarme para descubrir el sendero, aunque el sol y la luna fueron los verdaderos guías del camino como lo han sido desde los tiempos en que apareció la gente.

La noche en la que inicié el trayecto, sola, hacia Caño Cristales trajo consigo la emancipación del espíritu que lograban los hombres en mi pueblo cuando consumían la guánguala. A Nakua no le gustaba masticarla. Diferente al resto de los hombres e ignorando las costumbres ancestrales, se negaba a alimentarse de ella. La ley de la madre se cumplía sin discusión, pero en Maseku, Sinnaca sabía mantener el equilibrio entre la tradición heredada de nuestros ancestros y las cosas nuevas que descubríamos del mundo entregado a nosotros por la madre de todo. Antes debieron revelarlo y nosotros proseguir con la tarea del continuo descubrir. Así será siempre —decía Sinnaca.

El alimento de Nakua para su espíritu venía de sí mismo. Ahora yo me empezaba a alimentar de mis propias experiencias y reflexiones, dejando libre los pensamientos que me guiaban y observando de manera diferente, con los ojos de otros, para tener una visión completa del huevo universal.

Al dejar atrás lo que había construido el hombre, adentrándome en la creación de Gauteovan, algo diferente cruzaba por mi cuerpo. Un cosquilleo intenso tomó mis manos, cabeza, barriga y pies.

Guindadas en la rama de un árbol dos máscaras colgaban. Nadie más estaba allí así que supuse que la madre las había colocado para mí como un obsequio por tanto sacrificio o como una tarea pendiente por desarrollar.

La curiosidad aceleró mis movimientos y al tomarlas en las manos supe que no eran un adorno que me regalaban. Dos animales se representaban en estas máscaras llamándome a comprender el mundo con ojos diversos a los míos.

Guardé en la mochila tejida por el hijo de María Luisa una de ellas y até en mi rostro la de zaino. Pronto empecé a caminar en cuatro patas.

El hocico empezó a percibir una cantidad de olores que antes no sentía y la presencia de otros igual que yo, ocultos entre arbustos. Pude ubicarlos por sus ojos rojizos y brillantes que resaltaban entre la oscuridad, que una vez más le ganaba una batalla al sol. Eran como quince que al ver que no había el peligro de un humano se unieron de nuevo en manada. Me rodearon invitándome a seguirles en una única fila para buscar el sitio que les diera resguardo aquella noche.

Las ramas de los árboles más grandes sirvieron de cama para reposar del temor que representaba la presencia del hombre, que dañaba con sus actos cualquier cosa que tocaba. La sensación era algo extraña entre pelajes gruesos y abundantes, que al final otorgaron la calidez necesaria para caer en sueño por el resto de la noche.

En la mañana pedí que me llevaran a mi destino. Caño Cristales debía estar cerca y aunque en un principio aceptaron guiarme, la sal que encontraron en la senda los distrajo por completo. Fueron varios minutos esperándoles y también disfrutando de la sal. Cuando pensé que la interrupción había finalizado uno de ellos corrió a un charco de lodo. Los demás lo siguieron. Se revolcaban jugueteando y sonriendo a su manera. Una vez más tuve que unirme al grupo, sin más reparos que el de continuar con la diversión y dejar por unos instantes de lado mis deseos de llegar apresuradamente a Caño Cristales.

Cuando todos estuvimos embarrados y cansados de gemir de gusto por el lodo, nos reincorporamos al camino prometido. El que mostró una planicie despoblada de la vida. Árida, no dejaba emerger nada en su interior.

Del otro lado nuevamente el bosque se alzaba temeroso de que la tierra estéril le alcanzara. A mitad del paso, entre la muerte y la vida, nos vimos desprotegidos y a la vista de cualquier depredador, aunque la confianza era inmensa porque no parecía posible que algún ser quisiese seguirnos hasta un suelo infecundo como ese.

Un rugido profundo se escuchó tras nuestra espalda. Pareció que la confianza nos jugaba una mala pasada y la consecuencia olía a muerte.

Un jaguar inmenso se abalanzó sobre uno de los zainos, clavándole sus colmillos en el cuello para llevarse su vida de inmediato. Creí que todos correrían para resguardar su existencia. Yo misma me preparé para huir tan rápido como me lo permitieran las patas. Lo que sucedió fue muy diferente. Se acercaron unos con los otros rodeando a un jaguar que se vio sorprendido. La unión les dio fuerza para repelerlo. Los dientes afilados de los zainos dieron una respuesta contundente sobre el cuerpo del felino.

Me uní a la contienda, que en un principio pareció desigual ante el tamaño del animal, mordiéndole las patas para hacerlo caer al suelo. Tantos mordiscos lo desesperaron y debilitaron. En un intento por recobrar su aplastante ímpetu rugió, aunque ya no causó el efecto de generar miedo. Apabullado nos miró una última vez con sincero desprecio.

Este jaguar tenía rasgos similares a un hombre blanco. Aunque pareciera difícil de comprender, tras su máscara reconocía los ojos del monstruo que aparecía en los carteles sostenidos por la gente que pretendía impedir el rompimiento de la tierra, para extraer el oro negro que adormece el entendimiento de los hombres.

Presa y depredador se dieron la espalda para tomar senderos diferentes. Uno, victorioso producto de la unión y otro vociferando venganza.

Era claro que el padre jaguar tenía la convicción necesaria para recobrar la fuerza y continuar con su tarea de destrucción. Mis ancestros le quitaron la cabeza, colmillos y garras, y aun así desde aquella época deambulaba por el mundo. Unos mordiscos solo le causaban rasquiña y algo de dolor, pero seguiría levantándose en contra de la madre.

Pensé que el encuentro terminaba con las espaldas mirándose; sin embargo, las palabras del jaguar que se marchaba pretendieron fragmentarme como las vigas del mundo que quería desmoronar.

—Vine a devorarme a todos y no tienes forma de impedirlo. Cuando el oro negro ya no sirva les mostraré otro nuevo que los amarre a mi voluntad. Ni Nakua ni Kuismei. Tampoco será Mirshaya que luego perderá al hombre que la acompaña —me advirtió el monstruo abandonando el lugar.

Los zainos decidieron dispersarse y yo, con las últimas palabras del padre todavía moviéndose dentro de la cabeza, decidí sentarme sobre el tronco de un árbol que se asomaba al límite del camino árido, para quitarme la máscara y dejar refrescar mi rostro aún acalorado por la contienda.

El momento hizo que tensara los músculos de todo el cuerpo. Requería necesariamente un descanso que tomé durmiendo sobre el árbol el resto del día para evitar que me alcanzara otro monstruo con intenciones perversas.

Cuando sentí la influencia de la luna, que ese día se mostraba completa, me enderecé sedienta y con mucha hambre. Tomé de la mochila la otra máscara. Esta vez vi con los ojos de un armadillo. El animal sabía transitar por la noche y yo requería de algo en esa penumbra que calmara mi apetito.

La noche con estos ojos se veía más clara. La vida rebosaba donde aparentemente estaba dormida y en calma. Los insectos y gusanos me dieron un festín que dejaron satisfecho a un cuerpo recuperado de dolores y carencias.

Sabía que estaba cerca de mi meta así que apuré el paso, pero el armadillo es un animal de pasos pequeños que demoraba mi destino. Me intenté quitar la máscara, apoyándome sobre un árbol, para agilizar la marcha. En ese instante sentí una mirada profunda sobre mi cabeza. De entre las ramas del árbol en el que me recostaba aparecieron unos ojos encendidos que le dieron paso, luego, a toda la figura del jaguar padre.

Yo pensaba que lo había dejado atrás con grandes heridas que le harían pensar varias veces antes de decidir atacar de nuevo con su odio.

Justo antes de que se abalanzara sobre mí para aprovechar la soledad que me seguía, comprendí que un monstruo como ese no puede contener sus propios sentimientos desprovistos de cualquier sensatez. Quiso irse, pero le ganó la rabia de no quebrar voluntades como lo hacía con el suelo debajo de sus pies.

Cuando lo sentí tan cerca que me rozaban sus garras, el instinto me hizo envolverme para proteger mi vida con la cubierta dura de mi lomo. De nuevo, sorprendido el jaguar, deslizó sus garras para intentar abrir la envoltura que le impedía destrozarme.

El padre retomó la cordura necia de estos seres que le proveía de la inteligencia para planear estrategias que le sirviesen a sus propósitos mezquinos. De su boca escupió amuletos hechos con el oro que los invasores le robaron a mi gente en el pasado. La tenue luz de la luna era suficiente para hacer que los elementos vomitados estallaran en reflejos incandescentes. Cegadores si me descuidaba.

Rasguños y regalos intentaron quebrar de una manera más sutil la cubierta que me protegía de caer en la tentación de aceptar sus coqueteos malsanos de poder y dominio sobre otros. La convicción en lo que creo, la que acepta que otros la rodean, se hacía dura e impenetrable. Lo intentó por horas el padre hasta que finalmente aceptó que de momento se rendía, no sin reiterar la amenaza de despojarme de quien ahora amo.

Se veía un lomo alejarse y un paisaje descubrirse a la forastera que, pocos pasos adelante, tenía al frente uno de los lugares más sublimes en el universo.

En un saludo que la creación le da a su madre, la vida brotó por cada rincón de esta tierra sagrada y exuberante. Los colores se postraban al suelo mostrando el respeto que se le debe tener a Gauteovan.

Si uno se imaginara a la madre de todo caminando por la tierra, seguramente la prueba de sus pasos estaría coloreada como estas aguas con huellas en el suelo. A decir verdad, su presencia ya se exhibía en cada parte de este mundo que conservaba la naturalidad de sus parajes iniciales. La que los blancos despreciaban poniendo por delante piedras opacas de un mundo que solo existía en sus cabezas.

No pude contenerme, mientras caminaba por su cauce y me quitaba la máscara de armadillo para liberar de nuevo mis ojos, sin contemplar ningún otro pensamiento o reflexión me lancé a las aguas que me llamaban a acompañarlas.

Como se ha de sentir el niño en el vientre de su madre, me dejé envolver en sensaciones placenteras, consecuencia de un vínculo que cada cual decide si lo hace inquebrantable. Mi gente y el pueblo de María Luisa lo conocían y se negaban a diluirlo en tintes que se dejan a la lluvia. Los blancos, por su lado, manipulados por los tres jaguares y perdidos en sus propias fantasías, se negaban a aceptarlo o lo maquillaban para hacer cumplir propósitos ocultos, en los que se aprovechaban del más tonto. El abismo era cada vez más grande y ni los brazos gruesos y fuertes de Kuismei podrían ayudar a sortear el obstáculo que se abría, como lo hacía con Nakua y conmigo cada vez que se hizo necesario superar las adversidades de un terreno esquivo a ser cruzado.

Perdí la medida del tiempo dedicada a contemplar el pequeño río y sus alrededores. Ni las lágrimas lograron contenerse queriendo compartir el mismo destino de las aguas en su cauce.

Suspiré por una especie de mezcla entre regocijo y angustia. Era hermoso; sin embargo, el agua, la tierra y los árboles no podían darme las explicaciones que necesitaba. La presencia de la madre era innegable, pero demandaba un rostro y unos ojos a los cuales hablarle. Resignada dejé los pies sumergidos en el río y recostado el resto de mi cuerpo sobre una piedra plana de la orilla, abandonando en el aire solo una mano que le permitía al viento entrar entre sus dedos.

Sentí como si el cuerpo me hubiese abandonado. Pensé que moría. Me elevé un poco sobre el suelo y volé de un lado al otro. El problema radicaba en que al observar un lado dejaba oculto el que opuesto se cubría. Entonces me alcé encima de los árboles para verlo todo desde arriba. El quinto mundo se dejó apreciar en toda su plenitud. Grande, hermoso, redondo y casi azul por completo giraba lentamente para que yo le pudiese observar. ¿Cuántos tendrían el privilegio que yo tuve? Me pregunté aún inmóvil en el cielo, sujeta a la maravilla de apreciar tu hogar sin titubeos. Si pudiese llevar en un cayuco volador a todos los blancos para que compartiesen el sentimiento majestuoso y el abuelo, padre y nieto conociesen algo más que las insensateces de sus actos, y así se reencontrasen con la madre que les creó y que les encomendó cuidar su obra. Quizás no habría fin del mundo y la vida se extendería por siempre sobre cualquier lugar –pensé mientras caía descolgándome del cielo por mi propia voluntad.

Si no pueden apreciarlo desde el cielo deberían aprender a estimarlo desde el suelo como lo ha hecho mi gente desde hace mucho tiempo –me dije a mí misma mientras descendía.

Desde lo alto el mundo es majestuoso; sin embargo, no veía los detalles más exactos. Desde la tierra lo observas por pedazos, pero palpas y entiendes lo creado hasta en el movimiento más pequeño de un animal que cabe en el dedo.

Alguien más aventajado en esta vida tal vez podría haberse fragmentado para poder contemplarlo todo a la vez. Arriba, abajo, un lado y el otro como la manera más excelsa de darle sentido a todo el mundo. Yo no poseía esa clase de capacidades, entonces al menos debía aceptar la existencia de muchas formas de observar el mundo para no cometer el error de darle una mala interpretación a lo que veía.

Había caminado y atacado como zaino, me protegí como armadillo y volé superando a las nubes y los pájaros para profesar que la madre aún estaba presente entre nosotros, sin necesidad de verla trasformada en una figura que los ojos de cualquier majadero reconociesen.

Me despedí de Caño Cristales agradeciéndole ser la puerta que permitió a mi cabeza entender lo que cuidaba como guardiana del equilibrio. Kuismei con palabras de viento me lo había pedido con una voz que viajaba desde el pasado y ahora la respuesta le esperaba en el futuro o donde quisiese que estuviera.

Me dispuse a regresar al mismo punto donde me separé de Raúl con una sonrisa en el rostro que no se borró por todo el camino.

Cada paso que me acercaba a Raúl y a la gente de María Luisa dio el tiempo para pensar y definir cómo quería actuar. Utilizaría las formas que tienen los blancos para comunicarse entre muchas personas. Llevaría un mensaje hasta el rincón más pequeño en el mundo, para que todo blanco entendiera el valor de cuidar el hogar que compartimos y el peligro que encarna cada uno de los tres jaguares y sus deseos de devorarlo todo. Debía contarles que las vigas que sostienen al mundo, aunque desgastadas por el incesante rastrilleo de las garras del abuelo, padre y nieto, aún pueden ser arregladas para evitar que se desmoronen.

A punto de encontrar el final del bosque un trueno sacudió mis oídos. Lo pájaros volaron asustados por el grueso sonido y los animales pequeños se resguardaron previendo alguna acción desafortunada. Salí de allí huyendo como lo hacían otros animales sin calcular que el trueno más que lastimar los oídos, tendría un efecto en mi alma cubierto por una intención oscura de dejarla deambular sola una vez más. Pretendía conseguir un transporte que me llevara de vuelta con Raúl. Él estuvo allí para mí de inmediato, en la condición menos deseada. El automóvil que le habían prestado y que nos trajo de una distancia tan lejana, estaba apostado frente al bosque, al lado de una calle solitaria.

Tres hombres se advertían. Uno dejaba escapar otro trueno desde un arma pequeña mientras corría hacia otro que lo esperaba en un auto de dos ruedas listo para marcharse y no dejar ninguna prueba de su paso. El tercer hombre era Raúl que botaba sangre por la boca recostado sobre el asiento de adelante.

Me lancé hacia él para ayudarle. Con una mano intentaba tapar el agujero que había dejado el trueno en su pecho y con la otra le acariciaba el rostro para pedirle que no me abandonara.

La mancha de sangre crecía hacia todos lados y la vida parecía que se despedía de su cuerpo. Vi venir desde la ventana el río de fuego que separa la vida de la muerte. El padre había cumplido su promesa de venganza. La condena por enfrentarle estaba dictada, pero su pretensión de pararme no tendría manera de formarse. La renuncia a caer en sus designios inició con la negativa a dejar que el cuerpo de Raúl fuese arrastrado por las corrientes del río de fuego. Lo abracé tan fuerte que no se lo pudieron llevar.

De otros autos, que pararon a nuestro lado, salieron blancos dispuestos a ayudar, y con sus artefactos para hablar llamaron pidiendo auxilio.

No son muy precisos los recuerdos de aquel momento, porque no quise desprender mis ojos de los suyos para no dejar que partiera de este mundo. Solo cuando llegamos al lugar donde los blancos atienden a sus enfermos y lo vi acostado en una especie de cama delgada, rodeado de personas que parecían que lo ayudaban, permití que su cuerpo se separara del mío.

Muchas personas se acercaron a preguntarme por lo sucedido. En su lengua blanca, aún mal hablada, intentaba explicarles sobre los tres jaguares y el fin del mundo.

Me miraban como a una persona que ha perdido su mente. Las palabras que pronunciaba se desvanecían, porque eran carentes de sentido para el que ni siquiera lo tiene. La ignorancia que invade al mundo y que promueven el abuelo, padre e hijo para imponerse, tiene a gran parte de la gente llevando sus vidas sin sentido, dando la espalda a verdades que les sobrepasan.

Los niños en mi pueblo aprendían de la vida del mejor de los maestros, Sinnaca. Un naoma que reconocía que no todo ya se sabe. Que actuaba con la convicción de acercarlos a lo aprendido y empujarlos a lo desconocido, para que esos niños dejaran un legado que otros nuevos pudieran apreciar y luego hacer lo mismo.

Sentada en un lugar frío esperé hasta la madrugada, armando pensamientos como el artesano que se toma el tiempo necesario para unir las piezas de un collar que poco a poco toma la forma que deberá llevar en el cuello.

El sueño renunció a hablarme cuando me vio tan ocupada explorando pensamientos. El sol, que debía indicarme que había cruzado desvelada la noche para invitarme al descanso, avivó las ganas de seguir despierta. Debía correr y preguntar por Raúl. Saber si había partido o aún me acompañaba.

Crucé un salón grande y sin el permiso de nadie atravesé la puerta que me impedía saber de él. La luz del sol se hizo más fuerte cuando le vi sonreír recostado en una cama. El peso de una noche en incertidumbre se aligeró hasta sentir que podía ayudarle a cargar las vigas a los cuatro hijos de la madre de todo.

Le respondí a su sonrisa con otra igual de grande y un abrazo enredado entre cuerdas que salían de su cuerpo ayudándole a vivir. Sobre su pecho acomodé mi cabeza y luego, por un breve instante, me rendí al sueño que me buscaba desde la noche.

CAPÍTULO XXII

UN MENSAJE PARA EXTENDER

Raúl permaneció por varias semanas en el lugar donde lo cuidaban del mal que había entrado como trueno a su cuerpo. Por momentos me permitían acompañarle sentada en su cama y en otros pasaba el tiempo pensando hasta que me cansaba de tantas reflexiones sobre la vida y deseaba salir a disfrutarla junto al hombre que ahora me acompañaba.

En la tediosa espera deseé tejer como lo haría Peico, el dios que le enseñó a mi gente; pero mantenía la frustración de no saber hacerlo porque una mujer, en los pueblos de la sierra, no puede hacer un oficio que no le corresponde, y Nakua y Kuismei no habían cumplido su promesa de enseñarme. Ni siquiera Sinnaca, con esa forma diferente de pensar, había tenido la determinación de enseñarme, aunque no lo juzgo porque no se puede aspirar a saberlo todo y actuar como un dios que no comete errores, porque hasta los dioses erran en sus actuaciones y requieren de consejo y aprender nuevas cosas de la vida. Creo que hasta la madre del universo cometió el error de confiar su creación a los hombres, al no prever que no tendrían la capacidad de entender su tarea en este mundo. O tal vez soy yo la que equivocada no entiendo que así debieron ser las cosas para tener la posibilidad de juzgar el límite de nuestras capacidades, para obrar bien o hacer el mal, para cuidar o destruir, para aprender y corregir o saber e ignorar.

Cuando al fin salió Raúl recuperado del ataque del jaguar padre, pude compartirle mi mágica experiencia en Caño Cristales mientras descansábamos en una habitación que le prestó su amigo más cercano.

Le expliqué sobre mis reflexiones, sobre mi renovada responsabilidad como guardiana del equilibrio y la intención de difundir mi mensaje con ayuda de las cosas de ahora con las que se le podía hablar a muchas personas a la vez sin recorrer ninguna distancia. Era emocionante avanzar por caminos lejanos para dar un mensaje o convocar a varios pueblos. Así lo hicimos siempre y más aún cuando los blancos que invadieron nuestras tierras, nos obligaron a defendernos y estar atentos a sus pasos demoledores. Sin embargo, en el mundo de hoy hay tanta gente que se extiende por el hogar inmenso que pude ver desde el cielo, que mi mensaje no podría llegar a todos así caminara por nueve siglos.

Raúl preparó todo. Mis reflexiones estaban listas para ser compartidas con el mundo. Aprendí de memoria las palabras que estaban escritas y que se remontaban a las reflexiones de una guardiana del equilibrio.

Decidimos esperar la respuesta de la gente blanca en el pueblo de María Luisa. La sierra era mi casa y allí debía permanecer para aguardar el resultado de mis pretendidas enseñanzas.

En una especie de manifestación mágica en poco tiempo la gente empezó a conocer la historia de Mirshaya. En todos los artefactos hablaban de "la mujer tairona que viaja proveniente del pasado".

Personas extrañas a nuestras tierras empezaron a llegar. Temí porque esa situación me hacía recordar la entrada violenta de los blancos invasores. No sabía si compartían las mismas malas intenciones o en verdad ayudarían a difundir las reflexiones que tenía para comunicarle a todo el mundo.

Raúl emocionado logró que poco a poco tomara confianza y fuera más directa en lo que hablaba. Me contaba que muchas personas me seguían en todas partes del mundo y que mi imagen se difundía por todos lados.

Aunque Raúl no contaba todo. Con la escasa lengua blanca que podía leer sabía que también había personas que me llamaban impostora. La historia les parecía falsa, un cuento fantástico e imposible. Seguramente porque sus propias vidas carecían de momentos mágicos y diferentes que les permitieran saber que existen otras cosas más allá de lo que siempre hemos conocido, no solo porque puedan ser extrañas sino porque pueden ser el resultado de una experiencia que no se ha vivido.

Aun así miles de personas viajaban hasta la falda de la montaña para tener una oportunidad de verme, y aquellos que preguntaban con sus cámaras grandes venían a interrogar a la antigua que, si bien no podían confirmar la veracidad de sus relatos viajeros, al menos lograban que el mundo volteara a verles y escucharles con sus propias versiones de la historia.

Nunca tanto blanco se interesó por la vida de un habitante de la sierra. Parecía que pretendían conocerlo todo. Lo que comía, cómo caminaba, en qué pensaba, la magia que me rodeaba. No querían saber de Mirshaya, solo de la viajera extraña que llamaba la atención.

Mi mensaje era replicado en cuanto sitio tenían influencia los dueños de las cámaras. Hablaban sin parar de cómo destruían la tierra por las continuas acciones que la desgastaban y las personas respondían asegurando reflexionar sobre sus acciones. Parecían preocupados y dispuestos a contribuir en el cambio que le permitiera al mundo recuperarse.

Tanto desgaste no importó en aquel momento, porque pensaba que mi mensaje se extendía con cada pregunta o visita lejana. Orgullosa me erguía a pesar del cansancio, porque Sinnaca, Nakua y Kuismei sabrían sus esfuerzos finalmente retribuidos por la consecución de nuestra meta de mantener el equilibrio en el mundo. Cuánto sacrificio no había soportado mi pueblo. Qué más daba unas horas de interminables interrogatorios o extensas faenas de saludos a cuanto extraño se cruzaba para observar con sus propios ojos a la que narraba historias inspiradoras.

La situación se tornó caótica cuando mis palabras empezaron a ser acompañadas por mensajes que nada tenían que ver ni con mis intenciones ni con lo que pretendía enseñar.

—Manipulan lo que dices para favorecer sus propios intereses —vociferaba Raúl ante los blancos que con sus cámaras me buscaban para tener una imagen que mostrar.

Entendí que a pesar del tiempo que me separaba de mi pueblo, el mismo espíritu perverso de aquel entonces reinaba y gobernaba la vida de muchos en este mundo que se movía. Sus acciones siempre buscaban satisfacer sus propias ambiciones. Veían en el otro la oportunidad de cumplir sus sueños, así fuesen retorcidos. Para esto debían desproveerlo de cualquier derecho a existir que pudiera equipararlo con ellos. Ya borrado no había que preocuparse por la incomodidad de aceptar que se lastima a otro similar a uno.

Lo que al inicio me hizo pensar que reuniría a millones de guardianes del equilibrio, antes cautivados por la insensatez y ahora libres por la razón emancipada de prejuicios y amiga de volar para reconocer las verdades, se terminó desdibujando entre declaraciones mal intencionadas o el desdén de las personas aburridas por un mensaje que repitieron como el eco en una montaña, pero al que nunca permitieron en verdad alojarse en su cabeza.

Lo que fue vertiginoso ahora permanecía inmóvil. Los blancos se retiraron y los que hacían preguntas se marcharon muy rápido, ocultando entre sus ropas las colas de jaguares. Las promesas de los blancos fueron piedras pesadas y duras imposibles de esculpir.

La noche en la que no hubo ya ningún blanco, comprendí entre pesadillas que el mundo era habitado por miles de jaguares monstruos cada uno con un aspecto diferente. Engendros alimentados por el abuelo, el padre y el hijo que recorrían la tierra mientras la despedazaban.

Quizás los tres guardianes del equilibrio habríamos tenido que sortear combates con muchos de estos seres destructivos y el triunfo sobre ellos se daría por nuestra tenacidad. Pero, ¿qué hacer cuando el mundo está plagado de estos monstruos? Tres solitarios guardianes no lograrían nada. Solo una legión de millones podría equiparar el poder de los tres jaguares y vencerles en una guerra desigual, por cuanto parecen tener la capacidad de seducir con cosas que no existen. Convocar a esta legión no será tarea diferente a la de un naoma, esta vez sin importar si es hombre o mujer, que enseñe a los más pequeños las historias cargadas de la sabiduría que da el haber vivido y reflexionado sobre experiencias, para que con sus ojos procuren mirar un futuro compartido. Los millones de guardianes no emergerán de intereses pasajeros, sino del tiempo que les forjará pacientemente. Tal vez reconociendo que por instantes deban colocarse la máscara de otro animal y así descubrir un mundo que tiene verdades diferentes para mostrar.

El tiempo trajo consigo las pequeñas metas de cada mañana. Viví muchos días entre viajes a la escuela para enseñar a los pequeños lo que había aprendido en cada camino transitado y así ellos lograsen iniciar sus propios senderos del entendimiento. Allí ya no importó el color de nuestro cuerpo o el lugar de donde veníamos. Un terreno que no le permitió a ninguno de los tres jaguares consolidar su intención de separar en clases o grupos a la humanidad, para que esta no se comprendiera y por tanto llegara a odiarse.

Continué aprendiendo cosas de la vida el resto de mi tiempo en este mundo. Comprendí que los tres jaguares dan de regalo a sus discípulos la justificación como herramienta para evadir el pensar y transitar por caminos diferentes. Toda acción se dice sustentada y por tanto obligatoria para mantener incólume un supuesto bienestar, anulando por completo la verdadera esencia de este huevo.

Entendí que si el hombre no tiene el poder de justificar sus actos debería cambiar la forma de afrontar las situaciones de la vida, sin la comodidad de anular a aquel que le rodea.

No todo fue una tarea de naoma o de profesora dedicada a enseñar lo que sabía. Tenía también una vida, que aún quería experimentar cosas nuevas a lado del hombre que me había escogido y que yo había seleccionado para hacer un viaje por el resto de la existencia, en este y en cualquiera de los nueve mundos creados por la madre de todo.

Cada mañana o noche no dejaba de agradecer tenerle para compartir con alguien la posibilidad de aprender, soñar o simplemente descansar. Ya no sentía la necesidad de correr a resguardar el equilibrio. Alguien me acompañaba sin reparos y yo esperaba que los árboles que sembraba algún día se elevaran hacia el cielo para mostrarle al mundo que la esperanza estaba en sumarse como troncos de un mismo bosque.

Desde mi sierra, llorando en muchas oportunidades, porque el desánimo también me visitaba opacando la esperanza ante tantos actos reprochables, vi guerras entre los mismos blancos y sentí que las vigas que sostienen al mundo continuaban desgastándose. Y escuché la risa insoportable tanto del abuelo como del padre jaguar, que veían su venganza cumplida con un mundo cada vez más cercano a su final.

Continué por años intentando quebrar la desesperanza con saberes compartidos. Enseñé a los pequeños que no le permitieran a nadie hacerles creer que actuar aplastando al otro, porque no eran escuchados, era lo válido; o que no hacer nada era lo correcto porque brindaba la tranquilidad de no cuestionar las cosas.

—No todo lo que sabemos sobre la madre y cómo debe funcionar el mundo está ya concebido. La verdadera sabiduría está en saber que siempre hay que aprender y reflexionar para cambiar lo que no está bien. Aun así el desequilibrio reaparecerá, porque ello es lo normal. Entonces se ha de estar listo para volver a equilibrar. Los guardianes del equilibrio no pueden ser solo tres. Deberá ser toda la humanidad. Eso lo desconocía Sinnaca, mi naoma; pero ustedes lo saben y no lo pueden olvidar —dije tantas veces como pude hasta el día de mi muerte para que el mensaje, fruto del sacrificio de Nakua y la mujer que lo acompañó y el esfuerzo de transformación de Kuismei, no fuese nunca olvidado.

Mi último día en este quinto mundo fue el más especial de toda mi existencia. Me tomaba la mano Raúl acariciándola entre sus dedos. Con lágrimas que le escurrían por la cara intentaba contenerse para no hacer del momento algo tan triste. Sus ojos agobiados me despedían queriendo guardarse el dolor; sin embargo, su cercanía me daba la seguridad de nunca olvidarlo y de quizás seguir compartiendo nuestras vidas en otro mundo, aún ni siquiera soñado porque en él solo deambulan los que ya han cruzado el río de fuego, en el camino que separa a los vivos de los muertos.

Mi familia también me acompañaba unida en el deseo de mantener mis enseñanzas como el legado de un ancestro, para transmitirles a sus descendientes la importancia de llevar una vida que se equilibra entre tantas cosas por descubrir.

El jaguar hijo se acercó tímidamente a la cama para observarme en mi lecho de muerte. De los tres era el único que aún poseía algo de cordura, y luchaba entre los deseos de su padre y abuelo y su propio impulso para no dejarse controlar por el apetito que había heredado. Un quejido, que solo escuché yo, alimentó mi esperanza en creer que cada uno de los que seguían al abuelo y al padre podrían frenar sus acciones, si aún en sus cabezas algo les decía que sus actos estaban mal. Si al hijo le retumba una idea que le confronta y por momentos le hace gemir al advertir lo equivocado de sus acciones, seguramente otros también tendrían la misma sensación y por fin reaccionarían.

El día especial que me despedía de este mundo se completó cuando encima de la cama, se abrió la misma puerta que había visto en la laguna de la sierra, donde adolorida por la separación de tres guardianes y amigos me di a la tarea de llorar.

Esta vez tras la puerta se observaban claramente las figuras de Nakua y Kuismei. Al cruzarla para encontrarles me recibieron con manojos de algodón. Nos sentamos en el suelo para ver cumplida una promesa entre amigos. Con sonrisas en sus caras me empezaron a enseñar la técnica para tejer que heredó Peico a su pueblo, cumplieron así sus palabras dadas cuando apenas teníamos diez años.

NARRACIONES
de
ALGUIEN MÁS

CAPÍTULO XXIII

UNA NUEVA TIERRA TRAS EL FIN DEL MUNDO

Las dos vigas se quebraron pulverizadas por los continuos golpes recibidos por decenas de generaciones. Los cuatro padres que las sostenían a pesar de sus esfuerzos no soportaron el peso de tantos errores acumulados en la tierra. Lloraron ese día al ver destruida la creación de su madre, convirtiendo su dolor en cataratas que llevaban las lágrimas hasta la superficie del mar donde sentados veían desmoronarse el mundo.

La madre observaba desde una piedra lisa y aunque su fuerza dio aliento a sus hijos para sostenerlo todo, ahora entendía, un poco decepcionada, que el mundo debía volverse a construir. Lo había hecho antes, solo que la esperanza puesta en los humanos como guardianes de lo que con tanta delicadeza y fortuna había creado, se tornaba en una desilusión capaz de oprimirle el pecho a una diosa.

De a pedazos todo se hundió en el mar. Cada edificación, cada insensatez, cada monumento a los desaciertos humanos se derrumbó sobre sí mismo entre nubes de mismo polvo que cegó por tanto tiempo a las personas en diferentes épocas.

La gente corrió para salvar sus vidas acosadas por la culpa de sus propias acciones equivocadas; sin embargo, los tres jaguares, completamente libres por fin, salieron por el mundo disfrutando de la escena de muerte de la cual fueron artífices.

El abuelo vio su gesta cumplida. El abuso de poder que lo condenó al exilio, castigó a la gente de este mundo que decidió seguirle colocándose su máscara de jaguar. Quiso tener el control de todo y así lo consiguió hasta que solo él pudo destruirlo.

El padre, que no respetó la ley de la madre dejándose llevar por deseos incontrolables, reía sin parar. Él quiso poseerlo todo. Acaparar las posesiones sin importarle lo poco que tuvieran los otros. Así enseñó a la humanidad y así aprendieron de él, hasta que ya no hubo nada más de qué apoderarse.

El hijo, al que la duda no le permitió tomar las decisiones correctas por el temor de alejarse de los mandatos exigidos por su abuelo y padre, agazapado se comportaba como un loco que no sabía si compartir la mofa de su familia o llorar en silencio por la pérdida. Nunca aprendió a reconocerse tras la máscara de jaguar; pero tampoco permitió que la humanidad entendiera su verdadera tarea en este mundo. El que no tiene claro adónde va, nunca pisará el suelo de un camino que lo lleve a la verdad. Difuso, solo ve lo que quiere y lo que le da una tranquilidad de no cuestionar cuanto existe.

El huevo del universo finalmente pareció caer. La madre estaba sola de nuevo y se podría creer que ya no había nada más; sin embargo, el agua que es la base de todo estaba allí.

Cuando todo inició de nuevo, del agua y el silencio emergieron nuevos dioses que ayudarían a sostener las reconstruidas vigas que mantienen el mundo. Una tempestad gigante los trajo de vuelta en cuerpos a los que les escurría el agua y la vida por todos los rincones.

A la madre de todo retornaba la esperanza natural que uno posa sobre sus hijos, cuantas veces sea necesario.

Abuelo, padre e hijo sintieron de nuevo el exilio hacia una cueva en la montaña; pero no dejaron de sonreír los dos mayores asegurándose entre sí que regresarían seduciendo para traer de vuelta el fin del mundo.

Mi gente narra la historia de tres dioses, hijos de la madre del universo, que protegen el equilibrio en todo el mundo. Se dice que comprendieron el valor de su custodia y así desde esquinas diferentes vigilan los movimientos de los tres jaguares para advertir de su presencia, esperando, además, que un ejército de millones se levante, guiados desde niños por maestros que guían como un buen naoma, para hacerle frente a cualquier amenaza que se desprenda de la intención del abuelo, padre o hijo de retornar sobre este mundo recién sanado que ambicionan destruir.

Bibliografía

Acosta, J. (1942). Descubrimiento y colonización de la Nueva Granada. Bogotá: Prensas de la Biblioteca Nacional.

Chaves, A. (1992). Los indios de Colombia. Madrid: Mapfre.

Dussán de Reichel-Dolmatoff, A. (1988). El mundo Tairona. Bogotá: Fundación de Investigaciones Arqueológicas Nacionales. Banco de la República.

Gibert, Jordi. (2011). La conquista española de América y el Pacífico [Documento en línea]. Disponible: http://www.cronologiahistorica.com [Consulta, año, mes, día].

Gómez Cardona, F. (2010). El jaguar en la literatura kogi. Análisis del complejo simbólico asociado con el jaguar, el chamanismo y lo masculino en la literatura kogi. Trabajo de grado, Universidad del Valle, Santiago de Cali.

Reichel-Dolmatoff, G. (1996). Los kogi de Sierra Nevada. Palma de Mallorca: Bitzoc.

Viloria de la Hoz, J. (2008). Santa Marta: ciudad tairona, colonial y republicana. Revista Credencial Historia, 223, 2-9.